ハズレ扱いの俺が
SS商人となって
異世界ハーレム
作ります！
～交換スキルで余裕の
経済侵略できました！～
HARE
illust:ひなづか凉
KiNG novels

本好きな商人娘
エレーン

食いしん坊エルフ
ミスミ
オシャレな貴族の娘
パーチェ

「気持ちいいみたい」

「パーチェ様、もう少しですよ」

「んっ♥ んっ♥ わ、わかりましたわ。

んんっ♥ んあぁっ♥ あ、は……♥」

ミスミとエレーンに応援され、
パーチェは動きを速めていく。

「んんっ♥ 出して……もうイってください。

わ、わたくし、これ以上はもうっ……あっ♥」

ハズレ扱いの俺がSS商人となって異世界ハーレム作ります！

～交換スキルで余裕の経済侵略できました！～

HARE
illust：ひなづか涼

KiNG novels

ハズレ扱いの俺がSS商人となって異世界ハーレム作ります！

contents

プロローグ　大商人と美貌の妻達

「おかえりー」

仕事を終えて自宅へ戻った俺、兼松忠《かねまつただし》を最初に出迎えてくれたのは、三人いる妻のうちのひとり、エルフのミスミだ。

まるでソファと一体化しているかのように横たわり、美味しそうにお菓子を頬張っている。

「ミスミ、あまりダラダラしていると太るぞ？」

「だいじょうぶ。ボク達の種族は必要以上に太ることはないから」

嘘のような話だが事実だ。エルフの体脂肪率はある程度以上にならない。俺の元いた世界である日本の女性が聞いたら、誰もがうらやむ体質だろう。

「あら、お帰りなさい。タダシのほうが先に戻っていたのね」

「ああ、ただいま……というよりも、おかえりと言ったほうがいいかな」

ミスミと話をしている最中、俺の後を追うように部屋に戻ってきたのはエレーンだ。

彼女は商業国家ドンサグでも有名な商会の娘だったが、今は俺の妻のひとりであり、帝国でも指折りの大商会となったカネマツ商会の副会頭をしている。

ふたりを相手に他愛のない話をしていると、パーチェが部屋へとやってきた。

「おかえりなさいませ、旦那さま」

「ただいま、パーチェ」

親しげにハグをしてくる彼女を抱きしめ、キスを交わす。

彼女は帝国の辺境伯家の娘であり、立場で言えば俺の正妻となる。

「この時間に全員が揃うのは珍しいな」

俺達はそれぞれやるべき仕事を抱え、忙しく働いている。妻が三人揃って俺より早く帰宅しているなんて、とそこまで考えたところで気付いた。

「……明日が休みだからか」

思い出してそう呟くと、三人がそれぞれ顔をほんのりと染める。

妻達のことは平等に愛しているし、不公平にならないように、彼女達の都合や体調、気分にもよるが、順番にふたりきりの夜を過ごすようにしている。

望まれればふたりとすることもあるし、休みの前日は妻達全員を相手にするのが暗黙の了解となっている。

「今日もいつも通りでいいのかな？」

「ええ。わたくしはそのつもりですわ」

「ボクも一緒がいいなー。そのために寝ないで待ってたんだし」

「私も、そのために急いで仕事を終わらせてきたのよ」

妻達と連れだって、寝室へ向かった。

部屋に入ると、さっそくとばかりに三人は服を脱いで下着姿になる。

彼女達が身に着けているのは異世界——こちらの世界ではなく、日本で売られている下着だ。

もちろん、そんな物が普通に手に入るわけがない。

勇者の召喚に巻きこまれ、そのときに身についたスキルで手に入れた物だ。

明るく生命力に溢れているエレーン。妖精のような人外めいた美貌を持つミスミ。高貴で凜としたパーチェ。

それぞれ違う魅力に溢れている彼女達が俺の妻なのだ。現実離れした状況に、今もまだ夢を見ているのではないかと思うことがある。

「タダシ、ぼーっとしてないでこっち」

ミスミに腕を引かれ、彼女と一緒にベッドに横たわる。

「じゃあ、私はこっちね」

エレーンがミスミと反対側に添うと、その大きな胸の谷間に俺の腕を挟むようにしっかりと抱きついてくる。

今日はふたりともずいぶんと甘えてくるな……なんて思っていたが、どうやらそれだけではなかったようだ。

「これで準備できた」

「ええ……パーチェ様」

「え？」

慌てて左右を確かめると、エレーンとミスミはいたずらっぽく笑っている。

「ふたりともありがとう」

お礼を言うと、パーチェが俺の腰の上に跨がってくる。

「あれ……？」

「ふふっ、タダシ、動けないでしょう？　これで、わたくしの思うままですわね」

これは……計られたっ!?

「日本では、こういう状態を『まな板の上の鯉』というのでしょう？」

「なんで知って――って、それも勇者エーサクが？」

「ええ。他にも『据え膳食わぬは男の恥』など、たくさんの言葉を残していますわ」

勇者エーサクの功績は凄いし、そのおかげで助けられたことも少なくない。とはいえエロ絡みで余計な知識を残してしてくれるなと、文句の一つも言いたくなる。

「いつも、タダシに良いようにされてばかりですもの。ですから……今日はわたくしに身を任せてください。気持ちよくして差し上げますわ」

そう言うとパーチェは俺のパンツを脱がせ、勃起しているペニスを取り出す。

……最初の頃は知識もなく、ぎこちなかったのに、ずいぶんと上手くなった。

「タダシのおちんぽを、わたくしのここに……んっ♥」

パンツを穿いたままの状態で、割れ目をチンポに押し付けるようにして、腰を使い始める。

肉竿をヘソに押し付けたまま、裏筋や亀頭を擦って刺激してくる。

これも素股というのだろうか。

「はあ、はあ……ふっ、んっ♥ は、あ……はあ、はあ……んっ♥」

小刻みに前後したかと思うと、ゆっくりと根元から先端までを擦りあげていく。

パーチェの吐息が艶を帯びるのに合わせ、触れた場所が熱く濡れてきているのがわかった。

「パーチェ……」

俺の上に跨がっている彼女の太ももに手を置き、撫であげる。

「んっ♥ はあぁぁ……」

俺を見下ろす瞳は快感に蕩けていた。

「タダシ、したいですか？ わたくしのここに……あなたのおちんぽを入れたくなったのではありませんか？」

自らパンツを引き下ろすと、俺に見せつけるように秘唇を左右に広げる。

「パーチェ、もっと恥ずかしい言葉でおねだりさせる？」

「見せつけたまま、竿を扱いて焦らすとか？」

ミスミとエレーンが横から口を挟んでくる。

「ふたりとも容赦ないな！」

「それも楽しそうですわね。でも……タダシがどうしてもしたいというのなら――」

「したい。パーチェのおまんこに、入れたい」

素直に答えると、少しだけ拍子抜けしたような顔をする。

「もう……もっと抵抗してくれなくては楽しめませんわ」

「いや、そう言われても……見てわかるだろ？　もう、我慢できないよ」

ガチガチに張り詰めた肉竿の先端からは先走りが滲み、ビクビクと震えている。

「わかりました。わたくしはタダシのようにいじわるではありませんから……してあげますわね」

そう言って、パーチェは位置を合わせて腰を下ろしてくる。

「ん……あ、は……タダシの……熱いの、入ってきて……ん、あああぁっ♥」

ぬるりと抵抗なく繋がり、亀頭が膣奥に触れた瞬間、パーチェは胸を張るようにして軽くのけぞった。

「はあ、はあ……気持ち良すぎて……これでは、動けませんわ……ん、はぁ……♥」

快感が強くて動けないのか、繋がったまま息を乱している。

「パーチェ、大丈夫？」

「あ、タダシはまだ動いたらだめよ？」

ミスミがパーチェを気遣い、半ば反射的に腰を動かそうとしたことに気付いたのか、エレーンが俺を軽く睨んでくる。

「……大丈夫、ですわ。ふたりともありがとう」

少しは落ちついたのかパーチェが腰を使い始める。

ゆっくりと上げて、下ろす。最初は穏やかな動きだったが、だんだんと大胆に、そして激しくなっていく。

「んっ♥　あっ♥　はっ、はっ♥　タダシ、どうです？　気持ち、いいかしら？　はあ、はあ……ああ、んんっ♥」

「ああ……すごく、気持ちいいよ……」

深く繋がっていくパーチェがうっとりと目を細める。

「ボクもするね」

「私も手伝うわ」

俺達の行為を横で見ているだけでは我慢できなくなったのか、ふたりも参加してくる。

ミスミが俺の体を撫で、耳たぶを甘く噛んでくる。

エレーンは俺の胸板にキスを落とし、乳首に舌を這わせる。

パーチェとの繋がりだけでなく、ふたりがかりで愛撫され、快感が体を満たしていく。

「んっ、タダシの、中で擦れて……あ、あ、あ……はっ、んあぁあっ♥」

リズムよく動いていた腰が勢いを失い、そのまま止まった。

「パーチェ？」

「はあ♥　はあ♥　だ、だめですわ……気持ちが良すぎて、これ以上……動けません……」

「だったら……エレーンとミスミ、パーチェが動くのを手伝ってやってもらえるか？」

ここで攻守を入れ替え、俺が動くようにしたいところだけれど、今日は妻達が主導している。

なので、俺がするのではなく、ふたりに頼むことにした。

「ええ、わかったわ」

「うん、任せてー」

俺の言葉に頷くと、ふたりは左右からパーチェのお尻に手を添え、上下に揺すり始めた。

「ふあっ!? あっ、そんな、強引に……んんんっ♥」

「タダシ、もっと速くする?」

「そうしましょうか」

エレーンとミスミは先ほどまで俺にそうしていたように、パーチェを両脇から抱きかかえ、一緒に動く。

「あっ♥ あっ♥ こんな、無理やりだなんて……んっ♥ んあっ♥ あっ♥ あっ♥ ま、待って……んっ♥ エレーン、ミスミ、そんな激しくされたら……んああっ♥」

自分では動けなくなるほど敏感になっていたパーチェのおまんこを、張り出したカリ首がゴリゴリと擦っていく。

「こうしてると、パーチェのおまんこ、俺のチンポを気持ちよくするためのオナホになったみたいだな」

「はあ、はあ……なんですの、そのおなほというのは……ん、くっ」

「男を……ペニスを気持ちよくするためだけに使う道具だよ」

「スライムみたいにぶよぶよした、筒の形をしたやつかな?」

「まさか、本当にあるのか？」

「うん、エーサクに頼まれて作ったエルフがいるよ」

「ぶよぶよした筒のようなものが、おなほ……？」

パーチェは軽く目を見開いたかと思うと、ぞくぞくっと体を震わせる。

ちょっとMッ気のあるパーチェは、オナホと自分を比べられる屈辱と羞恥に興奮したようだ。

「ち、違いますわっ。わたくしは、おなほではありません……そのようなものと一緒にしないでください」

口ではそう言いながらも、先ほどよりも明らかに蕩けた顔をしている。

「ごめん、たしかにそうだな。オナホは、こんなふうに糸を引くほどぐちょぐちょに濡れたりしないし、嬉しそうにチンポを締め付けてきたりしないしな」

「んんんんっ♥♥」

軽く達したのか、パーチェの体が大きく波打つ。

「はあ、はあ……わざと、言ってますわね？　そのようなことを言われて、わたくしが喜ぶと思っていますの？」

喜びはしないが、悦んではいたよな？　と思っても口にしない。

「パーチェのことをおなほって言うなら、タダシのおちんちんをばいぶって言うよ？」

「そっちも作ってたのかよ……」

「タダシ、さすがに言い過ぎよ」

「そうだな。ごめん。パーチェがエッチな顔をするから。言葉に反応して感じる可愛いとこが見たくても、言い過ぎた」

「……いいですわ。エッチのとき、タダシがいじわるになるのは、いつものことですもの。ですが、そんなことを言われて、このままではいられませんわ」

「パーチェ？」

「エレーン、ミスミ、今から、わたくしのことは……支えているだけにしてください」

そう指示すると、まだ力が入らないだろう体を動かし始める。

「んっ♥　は………あっ、んっ♥　タダシが達するまで……わたくしが、しますわ」

深く繋がったまま、腰を前後させる。

「ボク、パーチェのお手伝いするね」

「タダシ、そういうわけだから」

ふたりは彼女を支えながら、俺の胸や脇、足などを撫でてくる。

くすぐったいだけの刺激も、パーチェの責めと合わされることで、十分な快感になる。

「タダシ、気持ちいいみたい」

「パーチェ様、もう少しですよ」

「んっ♥　んっ♥　わ、わかりましたわ……んんっ♥　んあぁっ♥　あ、は……♥」

ミスミとエレーンに応援され、パーチェは動きを速めていく。

単調に出し入れするだけの抽送。けれど、繋がった場所から熱く融け合っていくような悦びと、甘い快感が広がっていく。

「く……う……！」

「んあっ♥　あっ、あっ♥　んんっ♥　タダシ……出して……もうイってください……わ、わたくし、これ以上は、もうっ……あっ♥　あっ♥　は、あぁああっ♥」

全身が小刻みに震え、膣がきゅうきゅうと肉竿を締め付けてくる。

パーチェが再び限界に向かって昂ぶっていく。そんな彼女に導かれるように、俺も――

「出るっ。パーチェ！」

そう告げるのと同時に、彼女の膣奥へと射精した。

「んあああああああああああああああああああああっ♥」

絶頂に達し、本当に動く余力もなくなったのだろう。糸の切れた人形のように脱力すると、そのまま俺の胸に倒れ込んでくる。

「はあ、はあ……ん、ごめんなさい……もう、限界ですわ……。あとは、エレーンとミスミ……ふたりにお願いしますわ？」

ふたりに手伝ってもらってパーチェが俺の上から降り、添い寝するようにベッドに横たわる。

「次、どうする？　エレーンがする？」

「順番通りなら次はミスミね」

「そうだっけ？　じゃあ、ボクがさせてもらうね」

先ほどのパーチェと同様に、ミスミが俺の腰の上に跨がってくる。

「今日は朝まで寝かさないからね」

どうやら今日の夜も長くなりそうだ……いや、明日の朝が遠いというべきか。

愛する三人の妻達との触れ合いは、俺にとっても楽しく、幸せな時間であることに違いはない。

もし、こちらの世界へ召還されなかったら？

仮定の話などしても意味はないが、今と同じように誰かを愛し、誰かに愛される、そんな生活はしていなかっただろう。

今となってはもう遠い過去のように感じる、こちらの世界に召還された日のことを思い返していた。

第一章　望まぬ転生と素敵な出会い

人が死ぬ間際には、走馬灯が見えるという話を聞いたことがある。だが、それは嘘だったようだ。

迫り来る電車を見ながら、俺はどこか他人事のようにそんなことを考えていた。


社会人となれば月曜日が憂鬱だと感じる人間も多いだろう。もちろん、俺もそのうちのひとりだ。

就職して数年もすれば、休日は文字通りに『ただ休むための日』でしかない。

積み重なった疲れを抜き、すり減った気力を回復させる。そうやってまた新たに週明けを迎えるのだ。

あと何十年、こんな日々を繰り返すのか？

絶望にも似た自問をしながら、俺は電車がやってくるのをぼんやりと待っていた。

だから、反応が遅れた。

「え……？」

気付いたときには、後ろから体当たりをしてきた女子校生と一緒に、線路の上へと身を躍らせていた。

ちらりと見えた彼女の顔には見覚えは無かったが、その表情からこれが事故や事件ではなく、自分の意志で行われたことだとわかった。

他の手段を選ぶことさえ考えられないくらいに追い詰められていたとしても、自殺に他人――俺を巻きこむなと声を大にして言いたい。

もっとも、今さら何を言ったところで手遅れであることに変わりはないだろうけれど。

ギャギイイイイイイイッ!!

耳障りに響く甲高いブレーキの音と共に、目が眩むような白光に包まれ、そして次の瞬間、俺は見慣れない石造りの建物の中にいた。

それだけでなく、俺が座りこんでいる床の上には見たこともない不思議な模様が描かれ、淡く輝いていた。

「……これって魔法陣、か?」

思わず口をついて出た言葉に、すぐに隣にいた制服姿の女の子が顔を上げた。

「もしかして……異世界転移?」

独り言のように呟く内容から、どうやら彼女は俺と同じような趣味を持っているようだ。

ブラック企業に勤めている俺の楽しみは、通勤時間にスマホを眺めるくらいだ。その中でも『作家にしてやろう』や『マルヨム』サイトは毎日チェックしていたし、うだつの上がらないおっさんが異世界でスローライフをする話を好んで読んでいた。

「……どういうことだ?」

「ふたりいるぞ」

「勇者様はどちらだ？」

戸惑いに似た言葉を耳にして、俺は周りを見回す。

体格が良く鎧を身に纏っているごついのや、ローブっぽい衣裳を着て偉そうな雰囲気のやつら……たぶん、騎士や魔術師ってとこか。

さらに正面には、豪奢な衣裳を着た太ったおっさんと、ジャラジャラとした装飾に塗れた太っているおばさんが偉そうにこちらを見下ろしていた。

こっちは……王と王妃か？

周りにいる連中の姿を見て、嫌な予感が膨れ上がってくる。

「……よくぞ来た、異世界の勇者よ」

俺達に向かって、王（仮）の近くにいた神経質そうな細身のおっさんが声をかけてくる。

立ち位置的に宰相とか、そういう感じだろうか。

「あ、あのっ。ここはどこですか？」

隣の女子校生が誰ともなしに問いかけると、宰相（仮）、騎士や魔術師っぽい連中が不快そうに顔をしかめた。

そのことに気付いているのかいないのか、女子校生はかまわずに言葉を続けている。

「もしかして、ここは私達の暮らしていた日本とは違う世界なんでしょうか？」

「……ニホンと言ったぞ？」

「鑑定石の用意を急げっ」

女子校生の言葉に、周りを取り囲んでいる男たちが浮き足立つ。

「なあ、キミは今の状況についてどう思っている？」

周りに聞こえないように小声で問いかけると、女子校生は顔を顰《しか》めて睨《にら》みつけてくる。

「これから私はこの世界で幸せになるの。邪魔はしないで」

さすがに少しばかりカチンときた。

「邪魔って……自殺に巻きこんだ相手に対して、そういう態度はないんじゃないか？」

口調もキツくなる。それくらいはしかたないだろう。俺を避けるように距離を取る。

自省《じせい》も、謝罪をする気も一切なしか……こりゃ、だめだな。

彼女と相談したり、足並みを揃えて対処することは早々に諦めることにした。

まずは現状の把握だ。これも、物語のお約束的な展開になるならばいいのだが……。

「ステータス」

周りに気付かれないように口の中で小さく呟くと、俺の目の前に半透明のウインドウが浮かびあがる。

自分でやっておいてなんだが、マジで出るとは思わなかった。

驚いている時間はないので、とりあえず、ざっと目を通していく。

職業の欄は無職になっている。会社員とかじゃないのか……って、こっちの世界には務め先が無いからか。

他のＨＰだのＭＰだのゲームっぽいやつの数値は、平均すると10くらいだ。

比較対象がないので何とも言えないが、突出した数字ではないことだけはわかる。となると、これらは平均かそれ以下だと考えておくべきだな。

こいつらは勇者とやらを求めているようだ。だとしたら……やばいんじゃないか？

物語なんかじゃ無能だと判明した場合、親切にも『追放してもらえる』ことが多い。

しかし、異世界の人間などという不確定要素を放っておくなんてあり得ない。

命が軽い世界なら、すぱっと首を落として終わりにするだろう。そのほうが後顧《こうこ》の憂《うれ》いもないからだ。

そして、俺の能力が大したことがないと判明した場合、そういうふうに処分をされる可能性は低くない。

職業が勇者ではなく、ステータスの数値も低いとなると、スキルに期待するしかない……期待、してもいいんだよな？

祈りに似た願いと共に確認をしたスキル欄。ソコに記載されていたのは『等価交換』というやつだけだ。

言葉の意味はわかるが、何ができるスキルかはわからない。

ステータス画面は周りには見えてないようなので、気付かれないようにそっとスキルの部分に触れると、十分な知識が流れこんできた。

一から、全てを検証するタイプの展開にならずに助かった。

どうやら俺のスキルは『任意の物を、同価値の他の物と交換できる能力』のようだ。それも、異世界の物も地球の物も同じように扱えるようだ。

このスキル、使い方次第ではとんでもないことができるとは思うが、楽観できる要素なんて一つもない。

能力の有用性に気付かれたら、よくても飼い殺し、悪ければやっぱり処分ってところだろう。

ここは脅威にはなり得ないが、それなりに役立つと思わせるしかない。

「さて、どうするかな……」

「勝手に口を開くな。立場をわきまえろ、貴様らに自由な発言を許してなどいない」

つい漏らした独り言を聞きつけたのか、近くにいた傲慢そうな貴族っぽいおっさんが睨み付けてくる。

いきなり拉致した挙げ句、その相手に高圧的な態度を取る時点で、こいつらの考えが透けて見える。

……これは間違いなく良くないタイプの異世界召喚系だろう。

雑食的に色々とネット小説を読みあさっていたので、この先の展開も予想できる。

どうやって切り抜けよう。そんなことを考えている間に、神官っぽい格好をした男達が、占いに使うような大きさの透明な水晶の置かれた台座を運んできた。

流れ的に人物の鑑定をするタイプの道具だろう。そういうものに頼っているとすれば、スキルみたいなものでは能力を判別することができない可能性が高い。

「その娘、お前からだ。これに触れるがいい」

おいおい、そんなことを言われて『はいわかりました』なんて素直に従うと思っているのか？

自分の能力やプライバシーを大勢の前で簡単に開示するなんて、デメリットしかないだろうに。

「はい、わかりました」

素直に従うのかよっ!?

驚きと呆れであんぐりと口を開けている俺を一瞥すると、女子校生は躊躇《ためら》うことなく水晶に触れた。

キラキラと輝き、水晶の中に文字らしきものが浮かび上がる。

「その女……いえ、この方は『聖女』様です!!」

神官っぽい男が驚きに目を見開きながら報告する。

どよめきと驚きの声が上がる中、特に豪奢な神官ぽい格好をしたおっさんがにちゃりとした笑みを浮かべていた。

性欲と権力欲ってところか？　聖職者というには、少しばかり俗に塗れて穢《けが》れているんじゃないか？

「すばらしい。さあさあ『聖女』様、こちらへどうぞ」

うやうやしく女子校生の手を取る。

上を下にも置かない扱いだ。役職というか職業によっては、勇者でなかったとしても重用される可能性があるのか。

だからといって、それが救いにはならない。

人権意識がそれなりに進んでいた日本でさえ、過労死するほど働かせる会社や上司は珍しくなかったのだ。

ましてやここは異世界だ。『勇者』やそれに類する職業だとしても、良いように使い潰されるだけだろう。

女子校生がどこかに連れていかれた後、残った人間の視線が俺に向かう。

「では、残ったもうひとりが『勇者』だというのか？」

「ニホン人ならば、その可能性があるのではないか？」

周りにいる貴族っぽい連中が俺を見て話をしている。

「そのような貧弱でみすぼらしい姿の男が『勇者』であるわけなかろう」

「何もしていないのに疲れきった顔をしているではないか」

陰口を叩くのならば、俺に聞こえないようにしてもらいたい。ブラック企業に務め、心が摩耗していても傷はつくんだぞ？

たしかに、仕事で休む間もなく、しっかり眠るどころか、飯をのんびり食う余裕もなかった。見た目からして不健康だし、何年も買い換えていないつるしの安いスーツはみすぼらしいと言われても否定できない。

「次はお前だ。この石に触れるがいい」

神官っぽいおっさんの部下らしき若い男が、さっき女子校生にやらせていたように、透明な水晶みたいなものに触るように言ってくる。

拒否しても無駄だろうな。結局、強要されるか、言うことを聞かないのならばと処分される未来しか見えない。

諦観と共にため息をつき、俺は水晶に触れた。

先ほどの女子校生のときとは明らかに反応が違う。そして、俺の鑑定の結果を見て、神官（仮）が蔑《さげす》むような眼差しを向けてくる。

「この男は……無職です」

「無職だとっ!? 『勇者』ではないではないか!!」

王（仮）を守るように立っていた、鎧姿のごついおっさん——騎士団長とかあたりか？　が、俺の職業を聞いて怒鳴り出した。

おいおい、勇者じゃない人間を無理やり呼んだのはお前らだろう？　そう言いたいところだが、ここでそんなことを言ったら状況が悪化するだけだ。

「スキル、スキルはどうなのだ!?」

「はっ。『等価交換』というもののようです」

個人情報の保護とか、そういうのはまったく無いというわけか。鑑定なんてものをされているので今更だけれど。

「『等価交換』だと……？」

宰相（仮）がさらに蔑むような顔で俺を睨んでくる。

初手からそんな態度を取るのは下策も下策だ。俺が敵対すると思わないのか？　何があっても絶対に力を貸してやらないと決意する程度には不愉快だが、今はこの場を無事に切り抜けることが最優先だ。

「スキルについて確認をしておりました。返答が遅くなったことご容赦いただければ幸いです」

「言い訳など聞いておらん！　無能ならば、始末してしまえっ」

よほど『勇者』に期待をしていたのだろう。横から口を挟んできた騎士団長（仮）が血管が切れそうなくらいに顔を赤黒くしながら声を荒げる。

こんなやつらが上にいるってことは、実力よりも血統を重視しているんだろうな……国として、腐ってやがる。

今からそんなヤツらを相手に交渉をして、自分の身の安全を確保しなければならないのだ。考えるだけで気分が重くなり、溜め息がこぼれる。

ここが正念場ってやつだ。三流とはいえ、商社の営業で培《つちか》ったセールストーク、しかと味わいやがれ。

「失礼ですが、どなたかこの国の貨幣——価値はどのようなものでもかまいませんので、お貸し願えないでしょうか？」

俺の言葉を受け、宰相（仮）が顎をしゃくると、怒鳴り散らしていた騎士団長（仮）ではなく、キラキラした感じの若い男の騎士が金貨らしきものを手渡してくる。

金貨の価値はどれくらいだ？　そう考えると俺のスキル用なのか、ステータスと似たようなウインドウが開いた。

金貨を押し付けると、呑みこまれるように消え、画面に5万円という数字が表示された。

スキルが無事に使えそうなことに内心で胸を撫で下ろしながら、これからどうするか必死に思考を巡らせる。

日本――地球産のものと交換するのはだめだ。良くも悪くも刺激が強すぎる。

こいつらに見せるのならば、金さえあれば誰でも手に入るが、この国にはそこそこ貴重なものがいい。

小説でお約束だと、胡椒などの調味料を……いや、アレも時代と場所によってはまずい。金と同じ重さで取引をされていたなんて話を聞いたことがある。

希少なものではなく、誰もが知っていて、生きていく上で必要な物が良い。

そこまで考えて、俺が選んだのは塩だった。

さっそくスキルを使って……いや、待てよ。本当に大丈夫か？

念のために交換に必要な金額を確認すると、スーパーなんかで普通に買うよりも安い。つまり俺のスキルである『等価交換』は、販売価格ではなく、原価を基準としているのだろう。

そうなると、どのくらいの量を『等価交換』すべきか、だな。

輸送の為の時間や予算を考慮せず、大量の物資を簡単に用意できると思われるのは避けるべきだ。

俺の利用価値が高くなりすぎる。

金貨1枚で用意できる分ではなく、半分……いや、三分の一くらいにしておこう。そう考えながら、俺はスキルを発動した。

「何をしている。早くスキルを使ってみせよっ！」

痺れを切らしたのか、貴族（仮）のひとりが声を荒げてそう命じてくる。

「かしこまりました。では、スキル『等価交換』！」

あえて声に出してそう宣言し、この世界の平均的な塩と『等価交換』を行う。

等価交換用の画面に、残額が3万3千円ほどと表示されている。金貨でいうと66枚程度のようだ。端数もあるが、両方で表示されるのは助かる。

涼しい顔で、ちょろまかした分の今後の使い道を考えていた俺の手から、やや色のついた塩がざらざらと溢れ出してくる。

「おおおおっ!!」

「なんだアレは!?」

周りにいる連中が揃って驚きの声をあげる。どうやら掴みとしては悪くないようだ。

「……これは塩となります」

「塩だと？」

金貨を渡してきた近衛騎士っぽいやつが、俺の前で小山になっている塩を手に取る。

舐めて確かめるのか？　どこの世界でも下っ端は大変だ。なんて思っていたのだけれど……。

「舐めてみろ」

「へ？　は？　俺……じゃなくて、私がですか？」

「貴様が生み出したものが本当に塩ならば、問題あるまい」

ああ、そうか。こんな場所にいるのだから、このキラキラ金髪騎士の兄さんもそれなりの地位がある人間だよな。何が下っ端だよ。ここにいる中でもっとも地位が低いのは俺だった。

「かしこまりました。では、失礼いたします」

周りに見えるように、スキルで生み出した塩を舐める。

日本の物に比べて口当たりはざらついているし、苦みや雑味が多く、塩なのに塩気が少し弱いように感じる。

「陛下、鑑定を行わせましたが、あれは塩であることに間違いございません」

「……は？　鑑定？」

水晶だけだと思っていたが、人間でも鑑定ができるやつがいるのか？

だったら、なぜ最初から……って、塩にしか使ってないということは、何か制限があるのか？　例えば、人間の能力までは見えないとか。

何にしろ、俺が言われた通りに舐めるかどうか試したのは間違いないだろう。そこに反意か悪意があると判断されていたら、処分されていただろう。

「ええと、鑑定？　をしていただいたのならご説明するまでもないかもしれませんが、私の能力『等価交換』により、金貨と交換で塩を生み出しました」

「……ほう」

宰相（仮）が俺に向ける視線が鋭くなった。少なくとも完全な無能ではないと思われたはずだ。

「他に何を『等価交換』できるのだ？」

「もっと経験を積めば、さらに色々と等価交換できる物が増える可能性はございます。しかし今はスキルを得たばかりですので……」

そこで言葉を濁す。鑑定なんて能力があるということは、嘘を見抜く能力を持っているやつもここにいる可能性を考えての行為だ。

俺の返答を聞いた宰相（仮）がちらりと目線を向けた貴族（仮）その2が、小さく頷く。

予想した通りか。たぶん、あの貴族が嘘を判別するスキルか何かを持っているのだろう。ここからはさらに慎重に、揚げ足を取られないように気を付けよう。

「塩の質は最上とは言えませんが、悪くありません。ただ、金貨1枚としては、分量がやや少なめです。時間があるのならば商人どもに用意をさせたほうが良いでしょう。利点としては、塩を手に入れにくい場所で、すぐに用意ができるところでしょうか」

鑑定のスキル持ちらしき貴族（仮）その2が補足する。

「ふむ……戦場で使うか」

まずい方向に話が流れそうだ。だからといって、ここで余計な口を挟んだりしたらもっと状況が悪くなりそうだな。

「戦場には商人どもがおりますので、監視の下に可能な限り塩を作らせるのが良いと愚行いたします。海に面しているドンサグ連合国からの輸入量を抑えることができれば――」

勝手に話が進んでいく。俺の意見なんて、最初から聞く気はなさそうだ。

おっさん達の話を聞き流しながら、俺はこれからのことについて考えを巡らせる。

この感じだと、一応は利用価値があると思われているようだ。当初の目的通りだとはいえ、このままでは良いように使われるのは間違いない。

どうにか逃げ出したいところだけれど……。

「申し訳ありません。私の『等価交換』ですが、一度に交換できる量には上限がございます」

「勝手に口を開くとは、礼儀を知らぬのか」

宰相（仮）が、不愉快そうに顔をしかめる。

そう言われてもな。このままだと出来もしないことを前提に話をされて、要望を満たせなかったら処分ということになりかねない。

「まあ、良い。それで、どの程度ならば、等価交換とやらができるのだ？」

この国の情報がないまま、交渉をするしかないのはキツいな。

地球の中世〜近世程度なら、大都市でも人口は数十万人程度。百万はいかないだろう。王様がいるのなら、ここは国の中心のはず。とりあえず五十万人と仮定した上で、さらにひとりの人間が一日に使う塩の量を10グラムとしたら？

必要量を5トンと想定して『等価交換』は一日あたり2、300キロくらいが限界ということにするか。

さっき出したのは2〜3キロくらいってところだったはず。金貨100枚分の塩を確実に、手間なく入手できるなら、悪くないと考えるんじゃないか？

「先ほど、スキルを使用した感覚からですが、金貨１００枚分の塩を毎日ご用意するのならば、問題はないかと思います」

「その程度ではまったく足りないではないか、役立たずめ」

おっと、予想を下回ったようだ。不要と判断されるのはまずいが、今さら実は百倍の量でも問題なく『等価交換』できますとは言えないしな。

放っておけば役に立つ程度の評価は欲しい。

「では、城下にて暮らし、商売をする許可をいただけますでしょうか？　税金分については、塩を集めて納めるようにいたします。国庫の支出を抑えることもできるかと思いますが、いかがでしょう？」

城下で暮らす、商売をすると言葉にしたところで、宰相（仮）が眉をつり上げたが、税金分を塩でと言ったところで怒鳴りかけていた口を閉じた。

「…………良かろう。金貨１００枚分は毎日交換の上、商売の利益のほうは税金８、貴様の取り分が２だ」

８公２民って、６公４民で経済的に死にかけていた日本よりも、さらに悪いぞ？　とはいえ、城に監禁されず、殺されないで済むのならば条件を飲むしかない。

すぐに殺されない程度の有用性は示すことができたようだが、その後の扱いは想像通りだった。

納品場所などについて最低限の説明を受け、金貨99枚分の塩を『等価交換』した後、追い払われるように城を出ることになった。もちろん、使ったのは三分の一だけだ。

城から離れ、ネット小説で良く使われる架空の中世っぽい風景の中、できるだけ人の多い通りを選んで歩きながら、今後について考えを巡らせていく。

金貨100枚分からの塩の『等価交換』で得た残り三分の二——つまり金貨66枚分は手元にある。

明日から毎日、同じ量の金貨を確保できるのだから、商売で8割の税金を奪われたとしても、暮らしていくのには困らないだろう。

けれど、その金をすぐに使うわけにはいかない。

いくら上層部が腐っていても、異世界人を何もせずに放り出すわけがない。簡単に城から出ることができたのも監視がついているからだろう。

予想でしかないが、俺が他に何か隠していないか、追い詰めて確かめるつもりなのかもしれない。

「さて、どうするか……」

まずは、今晩の宿と商売を始めるための金が必要だ。それも『等価交換』以外の方法で手に入れる必要がある。

鞄は取り上げられてしまったが、幸い、服はそのままだ。

これも王道展開だが、スーツはこちらの世界にない素材と縫製で作られているのだ。上着だけでも買い取ってもらえば、それなりの金額になるだろう。

さっそく道行く人に尋ねながら、服を買い取っている商店へと向かった。

そこで交渉をしてスーツを売り、安い服に買い換えた。等価交換のスキルのおかげで、相場がわかるのでぼったくられないというのはありがたい。

もっとも、すぐに金にしたいというのがバレて足元を見られたので、本来なら金貨5枚のところを金貨2枚になったが。

不満はあるが、無一文から自由に使える金ができたのを喜ぶしかなかった。

値引かれた料金代わりに、安全に宿泊できる宿を紹介してもらった。

王都ならさすがに大丈夫だと思うが、中世では強盗宿があった。泊まった人間を殺して荷物を奪うというやつだ。それを考えれば、安全は高くても金で買っておくべきだ。

一応の足場ができたので、俺はさっそく市場へと出ることにした。

服を売って作った手持ちが尽きる前に、どうにか利益を出す必要がある。

等価交換のスキルがあれば、いくらでも稼ぐ方法はあるけれど、力を付けるまでは目立つわけにはいかない。今の俺の能力で出せるのは塩だけだと思わせた以上、商売をするなら塩に絡めたもののほうが良い。

地球の中近世のヨーロッパと似た状況なら、塩は必要物資であり、戦略物資だ。

大量に扱う場合は全て国を通す必要があるが、普段使いの分は普通に商店で売っているはずだし、庶民向けの物は質が悪かったり混ぜ物で誤魔化しているものも少なくないだろう。

確かめるために塩を扱っている店を見て歩いたが、予想は裏切られることなく、砂や他の物が混じっているような粗悪な物も普通に売られていた。

こんな状況の中、綺麗な白い塩を作って高級品として売り出したら？

一般市民はともなく、裕福な層や、その上——貴族なんかに受けるんじゃないだろうか？

もちろん、塩を本当に精製するような手間暇をかけるつもりもないが、俺を監視しているであろう人間の目を誤魔化す必要がある。

『等価交換』を使用すれば、交換しようとする品物の質が分かる。それを上手く使って、比較的まともな品質の塩を金貨1枚分ほど確保すると、宿に戻った。

「……よし、やるか」

監視に見せるためにやるので、部屋の中では意味がない。多少の金を握らせた上で宿の裏庭を使わせてもらう。

そこで買ってきたばかりの塩を水で溶かして鍋で煮立たせ、精製した塩を作る振りをした。

あとは自作分と日本で売られている物を2対8か、3対7くらいでブレンドして、ほとんど真っ白な塩を作って売ればいい。

こんな面倒なことをしているのは、俺が等価交換できる分は、すべて城に収めていると思わせるためだ。

能力の限界まで使ってもその程度だと油断してもらう必要があるからだ。

……とはいえ、こんなことをいつまでも続けられるとは思えない。今後のことも考えていかないとな。

せっかくの異世界転移だというのに、楽しむことはできそうもない。俺は深々と溜め息をついた。

気付けば、俺がこの国――クッド王国に召喚されてから半年が経過していた。

従順な態度を貫き、怪しい素振りは一切見せないようにして過ごし、排除や処分をされることなく生き抜くことができた。

本当は、こんなクソみたいな国からは、一秒でも早く逃げ出したかったが、情報や知識がまったく足りていない。それに『等価交換』は強力なスキルだが、金がなければできることも少ない。だから今は何よりも金を貯めることを優先していたのだ。

俺が作った真っ白な塩は、すぐに人気となった。噂が広まると、貴族の一部からも引き合いが来るようになり、王族に納品する塩の一部を白い塩で納品するようにもなった。

それだけ人気がある商品を扱えば稼ぎもそれなりになる。

俺は小さいながらも自分の店を持てるようになった。もっとも、今も毎日の『等価交換』はさせられているし、商売で得た利益の８割を奪われているけれど。

少しでも稼ぐために店頭で塩の量り売りをしつつ、情報収集を兼ねて常連や話好きなおばちゃん達の相手をしていたところ、見慣れない格好のなかなかの美人がやってきた。

「いらっしゃいませー」

「これって……クッドの雪塩っ!?　なんでこんなところで売っているのよっ！」

素焼きの壺に入れて並べておいた塩を見て、美人がカッと目を見開く。

「……は？　ゆきしお……なんだ、それ？」

「この商店の主はいるかしら？」

「ええと、俺が店主だけど」

「あなたが……？」

訝しげな顔で、俺を見ている。何かのスキルだろうか？

「商売について相談したいことがあるんだけど、いいかしら？」

「あー、昼くらいには今日の分が売り終わるから、その後でいいか？」

「わかったわ。じゃあ、それまで……私も手伝うわね」

「へ……？」

余計なことをしないでいいとは言えなかった。

手伝いを始めると、まるで昔から長く店で働いているかのように迷いなく客の相手をし始めた。


彼女の手際の良さもあって、予定よりも早く販売を終えた。

約束通り、俺は近所の食堂に彼女を誘い、そこで話をすることにした。

「それで、商売についての相談だっけ？」

「ええ、そう……って、名乗っていなかったわね。私はエレーン。エレーン・クニカよ。よろしくね」

「そうか。俺は兼松忠……こっちだと、タダシ・カネマツだ」

「タダシ……珍しい響きね」

「そうか？」

「実は私はドンサグにあるクニカ商会の娘なの」

「へー、そうなのか」

ドンサグって、たしかこの国と隣接している商業国家だったっけ？

「……あ、あら？　ドンサグ連合国のクニカ商会よ？　わからないの？」

俺の反応が予想と違ったのか、エレーンは困ったような、戸惑ったような顔をしている。

「あー、その……すまない。俺はこっちに来てから、まだ日が浅くてな」

「そ、そう。知らないのね。隣国だし、しかたない…………いえ、塩を扱っている商人がウチのことを知らないなんておかしいわよね？」

「ええと、そのドンサグ連合国のクニカ商会が何か？」

追及されると面倒なので、俺は話の先を促しつつ、誤魔化すことにした。

「あ、え、ええ。そうね。実は――」

エレーンの話を簡単にまとめると、彼女はドンサグ連合国でも三指に入るクニカ商会の娘だそうだ。

実家のクニカ商会は塩をメインに、交易で得た砂糖や布、香辛料などを扱っているそうだ。

エレーンは本好きが高じて書籍を扱う商売をしていたが、父親に勧められた結婚を断ったら、店を取り上げられてしまったそうだ。

そのことに不満を抱き、家出同然にドンサグ連合国を出てクッド王国で新しく商売を始めようと考え、俺の扱っている雪塩に目をつけたという。

「本じゃなくていいのか？」

「本を扱う商売をしようとしたら、また邪魔をされるでしょうね」

くやしげに唇を噛みしめている。

「事情はわかったけれど、それでどうして俺と商売をしようと思ったんだ？　後ろ盾にはなれないぞ？」

「だからよ。クッドの雪塩は生産方法だけでなく、誰が後ろについているのかまったくわからないの。それに、質が高いのに値段がおかしなくらいに安いし」

「そ、そうか？　結構、高いと思うんだけど……」

通常の塩の数倍の値段だ。少なくとも安売りはしていない。

「混じり物がなく、真っ白でさらさらの塩が庶民に買える値段なんてありえないわ……あなたは、わかってないみたいだけれど」

ジトっとした目を向けられる。

上手く商売をしていたつもりだったが、同じ商人から見ると不自然だということか。

なんで国の人間は何も言ってこなかったんだ？　と疑問に思ったが、おそらく泳がしておいて、馬脚を現さないか様子を見ていたのだろう。

「雪塩はもっと広く、高く売ることも可能よ。私に任せてくれるのなら、この国だけでなくクニカ商会にも対抗できるようになるわ！」

「実家相手にそんなことを……って、そういうことか」

自分の商売を邪魔をされた意趣返しの意味もあるのか。

「ええ。でも、王国や連合国だとクニカ商会の影響力は大きいわ。だから、まずはザピ帝国で商売を始めない？　利益は7対3で、私が3でどうかしら？　帝国には私が小さな頃からお世話になっている方がいるの。その人にお願いすれば、すぐに商売の許可もいただけるはずよ」

おっと、これ以上は迂闊なことを言わせないほうがいい。俺を国から連れだそうとするのなら、彼女が危険な目に遭いかねない。

「誘ってもらえるのは嬉しいけれど、それは無理だな」

彼女の言葉を遮るように告げる。

「どうして？　店の規模も今とは比べ物にならないくらいに大きくできるわよ？　配分に不満があるのなら、8対2でも――」

「そういう話じゃないんだ」

あえて人の多い場所でこうして話をしているのは、今もついているだろう監視に、俺には後ろ暗いところがないという証明のつもりだったのだが、彼女にとっては大きなマイナスになりかねない。

俺は会話を続けながら、飲んでいたお茶で指を湿らせてテーブルの上に『監視』と文字を書いた。

エレーンは一瞬、目を見開いたが、すぐに平静に戻った。

「私と一緒に商売をするのは……嫌？」

エレーンはそう言って、俺の手をそっと握ってくると、指先で手の平に『誰？』と書く。

「エレーンみたいな美女と一緒に商売をできるというのは、すごく魅力的な話だと思うけどな。国外は無理だ」

彼女と話をしながら『クッド王国』と、返事を書く。

傍目には、イチャイチャしているようにしか見えないはずだ。

「俺は、国に塩を納めているんだよ。それを止めるわけにはいかないだろ？」

「そうだったのね。何も知らずに無理を言ってしまったようね。ごめんなさい」

「ああ、そういうことだから――」

「国を離れる気が無いのなら、行商はどうかしら？　馬車で一日、二日くらいの場所にある街や村を回って、新しい販路を開拓するの」

国に監視されているとわかっていても、諦めるつもりはなさそうだ。

男尊女卑の色がはっきりしているこちらの世界で、女の身一つでのし上がる気概があるのだ。覚悟が違うのだろう。

俺もいつまでもクッド王国の言いなりになって、税金という名の搾取を受け続けるつもりはない。

そろそろ状況の打開をしたいと思っていたところだ。彼女の提案は渡りに船といえるものだった。

「そうだな……行商しても良いか確認をしてみるよ。許可が出たら、改めて商売の話をしようか」

「そう？　だったら、これからあなたの部屋へ行ってもいい？」

「へ……？　俺の部屋に？　なんで？」

「私にとっては人生をかけた話になるのだから、もっと詳しく話をしたほうがいいでしょう？　できればふたりきりで、ね？」

艶っぽい眼差しを向けてくる。なるほど、女を使って俺に取り入るように見せるつもりか。

本気で言ってるとしか思えない表情と仕草だ。さすが大手商会の娘だけあって、演技力が高いな。


普段、俺が寝起きしている店の二階へと案内すると、彼女は興味深げに部屋を見回す。

本当は身の回りの物は日本の製品で固めたかったのだけれど、留守中に誰か――おそらく監視しているやつが出入りしているようだ。

なので、こちらの世界で違和感がないようにしてある。

「ふーん……雪塩の販売をしているのに、ずいぶん質素なのね」

「儲けが少ないんだよ」

「そんなわけないでしょう？」

疑いの眼差しを向けてくる。

『雪塩』は、大商会である実家に対抗するために彼女が選んだ商品だ。それを販売しているのに貧乏なのは信じられないのだろう。

「税金があるからね」

「……どれくらい？」

盗み聞きを警戒しているのか、エレーンは声を潜めて聞いてくる。

「売上の８割」

「え……？」

目を丸くして驚いている。

やはり、こちらの世界であっても８割はあり得ないようだ。

「どうしてそんなことになっているの？　普通じゃないわよ？」

小声で怒鳴るという器用なことをしている。

「事情があるんだよ。ああ、あと、声は普通に出して大丈夫だ。今は近くに誰もいないから」

「……そんなことがわかるの？」

「それなりに対処しているからな」

「相手は玄人なのよ？　どうしてそんなことが言えるの？」

「それは……って、知らないほうがいい」

今まで色々と実験した感じ、魔法のようなものを使っている可能性はないのはわかっているし、家の周りは赤外線の監視装置や暗視装置を設置してあるのだ。

街灯もない真っ暗闇の中で、自分達のほうが『見られている』とは思ってもいないだろう。

「……それが異常な税率や、国があなたを監視している理由だから？」

「理解が早くて助かる」

「そう……私の直感は間違いなかったようね。あなたは、見込んでいた以上の商人――いえ、男みたい」

「嘘を並べ立てているだけの詐欺師かもしれないぞ？」

「嘘をついてなんていないでしょ？それくらい見抜けなと思ってるの？」

「だったら、買いかぶりじゃないのか？」

「どうかしら？　それを確かめるためにも……お互いのことを、もっと深く知る必要があると思わない？」

そう言って、エレーンが身を寄せてくる。

「ちょ、ちょっと待った！　そういうのは俺とふたりきりで話をするための演技じゃなかったのか？」

「そのつもりだったんだけれど……私の商人としての勘が囁いているの。どんな手を使っても、あなたを手に入れろって」

そう言いながら、エレーンは胸元をはだける。窮屈そうに服の中に押し込められていた巨乳が重たげに揺れ、露わになる。

「……タダシもいきなり、そう言われても信じられないでしょう？　だから、私の本気を理解してもらうために、手付けを支払うわ」

そう言うと、構造がよくわからないのか少しばかり戸惑い、悩みながら、エレーンが俺のズボンを脱がしていく。

本気で抵抗をしようとすればできただろう。

けれど、俺は彼女にされるがままだった。

「これがタダシの……」

顔を真っ赤にして、半ば呆然と呟く。

「エレーン？」

「え？　あ……そ、それじゃ始めるわね。これを胸の間に……んっ♥」

爆乳の作り出す深い谷間にペニスを挟みこむ。

こちらの世界に喚ばれる前にも経験したことのない、圧倒的ともいえるボリュームが生み出す柔らかな圧力。

「ふふっ、どうかしら？　胸が大きいと、こんなふうにすることができるの。どう？　驚いたでしょう？」

どやっとした顔をしている。

……だが、俺は現代日本から来たのだ。

「これってパイズリって言うんだけど、こっちではあまり知られてないのか？」

「ぱいずりって……え？　タダシ、知っていたの？」

「えっと……まあ、うん。うちの国だと、知らない男のほうが少ない……かな」

上目遣いにじっと俺の顔を見つめてくる。

「まさか、知り合いの娼婦に教えてもらった秘伝の技を知っていたとは思わなかったけれど……タダシは、こうされるのが嫌なわけじゃないでしょう？」

言いながら、エレーンはゆっくりと体を揺すり始めた。

すべらかな肌と粘膜が擦れ、甘やかな快感を生み出す。

「んっ、んっ、んっ……はあ、はあ……ん、ふ……んっ、んっ」

大きいとやっぱり重いんだろうか。

体の動きだけじゃ足りないと判断したのか、エレーンはおっぱいを支え持つと、さらに上下させる。

「……エレーン。その……わがまま、言ってもいいかな？」

「え？　な、何かしら？」

「胸の間に唾液……唾を垂らしてほしいんだ。そうすると動かやすくなるし、俺も……今より気持ちよくなるはずだから」

「そんなことまで……い、いえ、いいわ。わかった。してみるわね」

口を開き、舌を突き出す。

とろりと透明な唾液が糸を引いて、ペニスを挟んでいる胸の谷間へと滴る。

「ん……これくらいで、いいかしら……んっ、んふっ、あ……本当に、動かしやすくなったわ。んっ、んっ」

唾液が潤滑液代わりになって、よりいっそうスムーズに、そして速くペニスが擦れる。

「う……いい……」

「くすくすっ。気持ちいいみたいね」

相手の表情を読むのが得意だからか、エレーンは俺の反応を見て、上下する動きの速さを、ペニスを擦る角度を、乳房を寄せる強さを調整してくる。

「ねえ……もしかして、こうして胸で挟んで擦るだけじゃなく、他にもやり方があるんじゃない？」

「え？　どうしてそう思ったんだ……？」

「だって、物足りなそうな顔をしてるもの」

「よく見てるな。でも、今のままでも十分に気持ちいいよ？」

「嘘じゃないけど、本当でもないわね。知っているのなら、教えて。ここまでしたんだもの。ちゃんと満足してもらいたいの」

「……わかった。でも、嫌ならしなくていいからな」

そう言って、俺はパイずりフェラのやり方を教える。

「そ、そう……口も使うのね……」

深い胸の谷間から顔を出しているペニスに視線を落とす。

「絶対に嫌だって人もいるし、無理をすることはないから」

「聞いたのは私だもの。それに……嫌ってわけじゃないわ」

そう言うとエレーンは亀頭に唇を寄せ、そのままキスをするように吸い付いてきた。

「ちゅっ、ちゅむ……れろ、んふっ、ん……ちゅ、れろ……ちゅ、ちゅぴ……れろ……」

「う、あ……エレーン……気持ちいい……」

俺の反応に気を良くしたのか、エレーンはさらに熱を入れて奉仕してくる。

「れろ、れる……ちゅ、れろ……んっ、んっ、ちゅ、れろ……」

不慣れな動きや、たどたどしい舌遣いが、かえって興奮を誘う。

「れろっ、ぴちゃ……んっ♥ んふっ♥ は、あ……んっ♥ びくびくしてる……それに、先のほうから何か滲んできてるのだけれど……」

「はあ、はあ……ああ、気持ちいいから、そうなっているんだ……だから、そのまま続けてほしい」

「わ、わかったわ。このまま、続ければいいのね」

だんだんと行為に慣れ、パイズリのやり方を理解してきたみたいだ。

「んっ、んっ、んふっ、れろ……れるっ、ぴちゃぴちゅ……れろろっ、ちゅ、ちゅむ……れるっ、ちゅ……んっ、んっ」

両脇を締めて乳房を寄せてチンポを挟む圧力を高めると、さらに動きを速めてくる。

たぷっ、たぷっ、たぷっ。柔らかな膨らみが淫らに形を変えながら揺れ踊り、肉棒を柔らかく扱きあげてくる。

エレーンの唾液と滲み出た先走りが混じり、胸の谷間に白い糸を引く。

「んっ♥ んっ♥ はあ、はあ……んっ、んっ……こうしていると、なんだか……私も、変な気持ちになってくるわね……」

濃くなっていく淫らな匂いを嗅ぎ、エレーンも興奮してきているようだ。

彼女が感じる顔を、乱れる姿を見たい。エレーンのパイズリ奉仕をたっぷりと味わい、もっと長

く楽しんでいたい。

そんな俺の気持ちとは裏腹に快感が膨れ上がっていく。

「はっ、はっ、エレーン……さっきみたいに、パイズリしながら口で、してくれないか？」

「ん……こう、よね？」

俺の頼みを聞きいれ、濡れ光る肉竿にためらいなく舌を伸ばす。

「ぴちゃ、れろ……ちゅ、ちゅっ……れろ、れるるっ、ちゅむ、れろ……ぴちゃ、ぴちゅ……ん、れろ……」

先端をただ舐めるのではなく、亀頭に絡みつくように舌が這い、裏筋をくすぐり、カリを擦りあげる。

「う、あ……！」

すごく、気持ちいい……！

こっちの世界に来てからは自慰をする回数も減っていたのに、エレーンのような爆乳美女にパイずりフェラをされているのだ。

過敏なくらいに感じやすくなっていたペニスへの刺激は、目も眩むような快感となり、全身を満たしていく。

「れろ、れろっ、ぴちゃぺちゃ……れるっ、れろ……ちゅ、ちゅむ、れろろっ、ちゅぱ、ちゅ……んっ、んっ、んふっ、れろろ……ちゅむ、ちゅ……」

だめだ……こんな快感に、いつまでも耐え続けることなんてできない！

「あ、あ、あ、あっ♥　エレーン、出るっ」

「出るって……え？　何が？」

戸惑いながらも、エレーンは奉仕の手を止めない。

たぷたぷと柔肉が上下に踊り、ビクビクと震えるペニスを熱く責め立ててくる。

腰の奥から這い登ってくる熱が、一点に集中する。そして——。

「く、ああああああっ!!」

びゅるるうっるっっっるるっるるるるっ♥　びゅううううっ♥　どびゅ、びゅっ、びゅううううっ!!

「きゃあっ!?」

白濁が顔や胸に飛び散り、エレーンが可愛らしい悲鳴を上げた。

「あ、やっ。なに、これ…………あ」

「はあ、はあ……ごめ……がまん、できなかった……」

「いいの。これって子種よね？　こんなにたくさん……勢いよく出るものなのね……」

エレーンはうっとりと目を細めて呟いた。


嘘から出た誠というべきか、エレーンと本当にそういう関係になるとは思わなかった。

昨日のことを思い出しながら、俺はいつものように王城で塩の納品を済ませた後、近隣の村で行商をする許可を願い出た。

普通ならば一言もなく却下されて終わりだろうし、賄賂を渡したりして便宜を図ってもらおうとしても、何か企んでいるのではないかと疑われるだけだ。

なので、現状よりもさらなる利益が得られるのだということを主張することにした。

監視から、エレーンが隣国の商会の娘であることは上に伝わるだろう。

それを見越した上で、彼女の協力——知識やコネを得られるのならば、塩だけでなく砂糖の精製が可能になるかもしれないと伝えてもらったのだ。

砂糖はこの世界では高級品だ。

エレーンの話では、基本的に南方国家との交易でしか手に入らない。

帝国や王国の一部地域で、砂糖大根のようなものを作っているようだが、精製技術が低いのか、どうしても苦みやえぐみが残るそうだ。

扱《あつか》いとしては庶民向けの甘味だが、精製して貴族を満足させるような品質の物を作れば、価値が一気に高まる。

それに、元・女子校生がこちらの世界の甘味で満足しているとは思えない。『聖女』様もきっと白い砂糖を喜ぶはずだから確認をしてほしいと、彼女の権威も使わせてもらうことにした。

そうやって俺が訴え出てから十日ほど経過した後、行商を許可すると返答が来た。

当然、行動の全てを監視されるだろうし、場合によっては商売に対する横槍も入るだろう。それでも、町から離れることができるようになったのだ。

「ねえ、タダシ。行商はいつから始めるつもりなのかしら？」

「そうだな……。馬車の用意もあるし、来週くらいからでどうだ？」

明日からでも始めたいという顔をしているエレーンにそう提案する。

「急げばもっと早く出られるわよ？」

さすがに部屋の中なら大丈夫だと思うが、念のために彼女の手を取って『あまり急ぐと、余計な疑いをもたれる』と手の平に書いた。

「俺は旅に不慣れだからね。しっかりと準備をしたいんだよ」

「……私、焦りすぎていたかもしれないわね。わかったわ。じゃあ、ふたりで準備をしましょう」


エレーンと共に行商を始めてから二ヶ月ほどが経過した。今は以前に比べて当たり前に街の外へ出られるようになった。

もちろん、それだけの結果を出しているからだ。

そう——俺は彼女と協力し、既存の砂糖から、より高品質な物を作ることができるようになった
……ということになっている。

それもあって、贅沢をしなければそれなりの生活が出来るようになった。

そして、この生活がこれからも続くと無根拠に信じていた。

けれど、そんなわけはないのだ。

「……野盗か」

俺とエレーンの乗っている馬車の行く先を塞ぐように、七人。左右にそれぞれ三人ずつ。あと、少し離れた場所に、弓を持ってこちらを狙っているのが二人だろうか。

小汚い格好をして、下卑た笑みを浮かべているが、各人の連携は悪くなさそうだ。獲物を逃がさないために身につけた生活の知恵というところだろうか。

「なあ、エレーン。こういう場合、どう対処すればいいんだ？」

「荷物の三分の一、多くても荷物の半分くらいを渡して通してもらうのが、もっとも被害の少ないやり方ね」

「それで見逃してもらえるのか？」

襲うなら全てをよこせ、というのが当たり前のことだと思っていた。

「全てを奪ったり、商人を殺し続ければ次の獲物が通らなくなるわ。それに、王都の近くでそんなことをすれば、兵士だけでなく騎士も動くでしょうね」

「なるほど、わかった」

エレーンに話を聞き、俺は野盗達に向かって声をかける。

「あー、荷物の四分の一を渡す！　そういうことでここは見逃してもらえないか？」

「だめだ！」

俺の提案はにべもなく却下された。

「じゃあ、三分の一だ。それ以上は勘弁してほしい」

「ケチくせぇことを言うな。荷物全部とその女もよこしてもらおうか」

「……なあ、エレーン。これは例外ってことか？」

小声で彼女に尋ねる。

「……おかしいわね」

「やっぱりおかしいのか」

今まで何度も使っていた街道に、噂にすら聞いたことのない野盗が現れた。そのことに違和感を覚えていたが、もう一つ気になっていることが増えた。

俺にはクッド国の監視がついていたはずだ。事がここまで至っているのに、何の介入もないのはありえない。

監視がいなくなった？　いや、そんなはずはない。城に塩や砂糖を納品しに行ったときに、いつもチクチクと嫌味を言ってくる担当のおっさんは、俺が話していないはずのことまで知っていた。

「もしかしたら、こいつらはただの野盗じゃないかもしれないな」

「どういうこと？」

「クッド王国の誰かが、あいつらの後ろにいるってことだよ」

「タダシは雪塩だけでなく、砂糖も作っているのよ？　あなたがいなければ雪塩も砂糖も作れないのに？」

「エレーンを攫《さら》って商会を乗っ取れば、塩と砂糖を使って王族や高位貴族に取り入ることができると思っているのかもしれないな」

「だとしたら、相手はタダシが国に繋がれていることを知らない下級貴族か、どこかの商会か――」

「おいおい、いつまで話してんだ？　そろそろどうするか決まっただろう？　ああ？」

野盗のリーダー格の男がこちらを威圧するように睨みつけてくる。

……うん、怖いな。

暴力とは程遠い生活をしていたのだ。こちらは日本とは違って人の命が軽い。野盗に善意の対応を期待をすることはできないだろう。

「話の続きは、この状況を無事に切り抜けてからにしよう」

「……そうね」

「あー、荷物の半分じゃだめか？　それ以上はさすがに無理なんだが」

一応、最後の提案をしてみる。

「何度も言わせるな。女と荷物全部だ。嫌ならてめぇを殺して奪うだけだ。命は助けてやるんだから、俺様達の優しさに感謝しろよ？」

野盗のリーダーらしき男の言葉に追従するように、周りの連中が下卑た笑み向けてくる。

しかたがない。『等価交換』でサブマシンガンを購入しよう。俺のスキルが国の連中にもバレる可能性が高くなるが、エレーンを失うよりも良い。

後に発生するであろう面倒ごとは、未来の俺がどうにかするだろう。そう決意して『等価交換』を発動しようと――。

「うう……お腹すいたー」

気の抜けるような可愛らしい声と共に、ふらふらした足取りでフード付きのマント姿をした女の子が、俺達と野盗の間に割って入ってきた。

「な、なんだ、てめぇは？」

いきなりの展開に、俺だけでなく野盗達も戸惑っているようだ。

「お腹すいたー。ねえ、こいつらって野盗？」

男達の誰何《すいか》に応えず、女の子は俺に尋ねてくる。

「あ、ああ、襲われていたところだけど……もし、手を貸してくれるなら、食い物を渡すことを約束する」

「んふふっ、わかったー」

そう言って、女の子はフードを下ろした。

日の光に輝き、風に踊る美しい髪。星の瞬きを閉じ込めたかのような瞳。すっと通った鼻筋と、桜色の艶やかな唇。あまりの美貌に、状況も忘れて見惚れてしまった。

「お、おい、エルフだぞ……」

男達がざわめき、動揺が広がっていく。

「ま、待て！　俺達に協力するなら、そいつよりも良いものを食わせる！　俺達の後ろには貴族がいるんだ。約束する！」

「へえ、野盗だと思っていたんだが、お前らの後ろには貴族がいるのか」

「……バレちまったらしかたねぇ、こいつらを殺すのを手伝うなら、金貨10枚分、好きな物を食わせてやるっ」

取り込むのは諦めて、俺を排除する方向に切り替わったようだ。それでも監視しているやつらが動く様子はない。

動いているのは下っ端だとしても、俺が想像しているよりも大物が後ろで糸を引いてそうだな。

「あっちの人達は金貨10枚だって言っているけれど、どうする？」

エルフの少女が俺のほうへと顔を向ける。

こうしている間に襲ってくればいいのに、と思うのだけれど、野盗達はまったく動かない。まるで何かを怖れているような感じだ。

「エルフってめちゃくちゃ美人なだけじゃなくて、強かったりするのか？」

俺は隣で青い顔をしているエレーンに小声で尋ねる。

「ひとりで百人の兵士を相手にできると言われているわね」

「へえ……すごいな」

「タダシ、何をのん気に言ってるの？　もし、彼女があちらについたら……私達は終わりなのよ？」

どうやら彼女を味方につけるかどうかで状況が変わるようだ。つまり、どちらのほうがより良い報酬を用意できるかということか。

「なあ、エルフさん。俺はこのせか――国にない、珍しい食べ物を用意できるぞ」

「……本当に？」

「ちっ、貴族でなきゃ手に入らない砂糖菓子と金貨20枚分の豪勢な飯を食わせてやる！」

スキル『等価交換』のために俺が用意している金貨は1万枚を軽く越えている。十倍どころか百倍でも提示できるが、ここは現物を見せたほうがいいだろう。

俺は『等価交換』を使って、菓子パンや惣菜パン、サンドウィッチなどを十種類ばかり用意して、紙袋に入れてエルフに向かって投げた。

「………これは？」

中を覗いて、エルフが小首を傾げながら尋ねてくる。

「先払いだ！　あんパン、クリームパンって……それじゃわからないか……とにかく、助けてくれたら同じようなパンをいくらでも食べさせると約束する！」

「あん……くりーむ……わかった。じゃあ、キミを助けることにする」

「ま、待て！　金貨30枚分だ！　その上、貴族の用意する菓子だぞ？　そんなパンなんかよりもずっと美味いもんを――」

「もう決めたことだから、ごめんねー」

「ちっ、しかたねぇ。いくらエルフだとしても、相手はひとりだ。やっちまえっ!!」

交渉決裂とみたのか、野盗達が襲いかかって来た……が、全員が叩きのめされるまで一分もかからなかった。

「すごいな……」

エルフを味方に付けるかどうかで状況が変わるという言葉の意味や、野盗達がいきなり襲ってこなかった理由がよくわかった。

「今すぐここから立ち去るなら、命までは取らないであげる。でも、向かってくるのなら、次は首を落とすよー」

　さすがに状況が悪いと理解したのか、野盗達は蜘蛛の子を散らすように逃げていった。

「ありがとう。助かったよ」

「約束したでしょ？　お腹いっぱい食べさせてくれるって」

「そうだったな。じゃあ、もう少し進んだところで飯にしようか」

「どうして？」

　こてんと首を傾げてくる。

「血の臭いのする中で食事をしたくないだろ？　どうせ食うのなら美味いほうが良いだろ？」

「たしかにそうだね。それじゃ行こっか」


「んー。おなかいっぱいー」

　俺の用意した惣菜パンや菓子パンを腹一杯食べて満足したのか、エルフ――ミスミと名乗った彼女は満足げにお腹をさすっている。

「ねえ、これってどこの国の食べ物なの？」

「言ってもわからないと思うけど……日本ってとこだ」

「そっかー。じゃあ、同じものをボクが手に入れるのは無理かなー？」

「たぶん、無理だと思うぞ」

「それは残念……」

がっくりと気落ちしているミスミの姿を見て、俺は苦笑する。

「また会ったらごちそうするよ。良かったら、これも持っていってくれ」

俺は『等価交換』で、さらに惣菜や菓子パンを20種類ばかり手に入れると、ミスミに手渡した。

「もらって、いいの？」

「ああ。助けてもらったお礼には安いくらいだしな。ただ、明日までに食べてくれ。時間が経つと悪くなるからな」

「ん。ありがと。遠慮なくもらうねー」

そう言うと、ミスミは俺の頬にちゅっと音を立ててキスをしてきた。

「また、会おうねー」

いたずらっぽい笑みを残してミスミが立ち去った後、エレーンがぽつりと呟いた。

「……まさかエルフと出会うなんて、思わなかったわ」

「エルフって、数が少ないのか？」

「多くはないはずよ。自分達の国からあまり出てこないから、よくわからないというのが正直なところだけれど」

「へえ……」

「タダシはエルフを怖れないのね」

「エレーンもそうだったろ？」

「緊張はしたけれど、タダシが落ちついていたからよ」

くすりと笑いながら手を繋いで指を絡めてくる。

「それにしても……さっき襲ってきたヤツら、どこかの貴族の差し金だったのよね？　これからどうするの？」

「そうだな……。俺を監視しているはずのヤツらが介入してこなかったってことは……そっちを抑えることができる程度の力があるってことだろう？　戻ったら、今度は店や街中でも襲われそうだよな」

「そうね。その可能性が高いわね」

「よし、このまま国を出よう」

「国を出るのは良いけど、これからどうするつもり？」

「そうだな……エレーンは、どこに逃げるのが良いと思う？」

「私がタダシと出会ったときのこと、覚えてる？」

「ええと、帝国で商売をすればとか言ってたっけ？」

「ええ。ザピ帝国はここからだと東の方角、クッド王国とは国境線になっている大きな川を挟んだ向こう側にあるの」

「川って、どれくらい？」

「船で渡ると……タダシの言葉で、一時間くらいかしら？」

かなりの川幅がありそうだけど……小型のモーターボートがあればいけるか？

「王国よりも国力があるから、あちらである程度の立場になれば、王国に簡単に引き渡されないはずよ。辺境伯のご息女、パーチェ様には何度かお会いしたこともあるわ。タダシが商会を立ちあげるのなら、後ろ盾は無理でも相談に乗っていただけるはず」

「わかった。それなら、帝国に行こう」

「あっさりと決めてるけれど、本当にいいの？」

「クッド王国には思い入れどころか恨みしかないし、他の国のことは知らないからな。どこでも同じだよ。俺にとって重要なのは、エレーンと一緒にいることだから」

「そ、そう、ありがとう」

そうと決まれば、行動は早いほうが良い。

どこまで有効かはわからないが、野盗に襲われながらも命からがら逃げ出したが、そこで獣に襲われた死んだ――というような細工を施してから、王国を後にした。

第二章　新天地は理想の国？

野盗に襲われた後、なし崩し的にクッド王国を後にしてから半年が経過した。

死んだように偽装はしたが、念には念を入れて俺は髪を染め、目にはカラーコンタクトを入れている。

ぱっと見では、俺を召還した人間だとは気付かないはず。

それに、俺達が暮らしているモニック辺境伯領にある首都セージは、ザピ帝国内でも五指に入るほどの規模だ。王国と国境を接しているため人の流出入も多いので、よほど目立つようなことをしなければ大丈夫だろう。

それに、俺達が帝国で始めた商売は、甘味――庶民向けの焼き菓子を扱う店だ。

こちらの世界で甘味は貴族や富裕層の一部しか味わえない嗜好品であり、高級品だ。だからこそ、あえて庶民が少し背伸びすれば買えるくらいの値段設定にした。

同業者は少ないし、揉めたら面倒なことになりそうな大店《おおだな》は、元より貴族相手に商売しているので、積極的に俺達の邪魔をしてくることもない。

「ねえ、タダシ。もう一つ、支店を増やさない？　商売の規模を大きくすれば、もっと利益が出るわよ？」

「うーん……あまり派手にやると、俺が生きて帝国にいることがクッド王国にバレる可能性があるだろ？　もう少し様子を見たいな。失踪して一年も経てば、さすがに死んだと思って諦めるだろうし」

「……焦ってもしかたないわね」

エレーンも理解してくれたようだ。

とはいえ、今の商売の規模だと彼女は暇を持て余してしまうようだ。その分の空き時間は家に引きこもって本を読みあさっているけれど。

「時間があるのなら、読書する？」

エレーンは本が好きだ。実家で商売をしていたときも、利益の追求はあったが国内外の本を読むためという側面もあったようだ。

こちらの世界の本は主に羊皮紙などで作られており、当然のようにバカ高い。だが、それも俺の『等価交換』を使えば、家にいるまま、さらにはかなり安く手に入れることができる。

「今日は日本の本を読みたいのだけれど、いいかしら？」

「もちろん。今度はどんな分野がいい？」

「そうね……。今日は株式会社について書かれているもので、私がまだ読んでいない本を何冊かと、服や食器、家具のカタログで」

『等価交換』で望む本を用意する。

「ありがとう。タダシ♪」

エレーンは幸せそうに笑うと、さっそくとばかりに読書を始めた。


異世界の夜は早い。だが、俺達の暮らしている家では太陽光発電を利用し、充電もしているのである程度は電気を使える。

普段のエレーンならば、もう数時間は仕事や読書をしているのだけれど……。

「タダシ、そろそろ休みましょうか」

まだ読みかけのはずの本を閉じると、俺を見つめてくる。

「……そうしようか」

彼女の手を取り、一緒にベッドへ。そこに並んで腰を下ろす。

以前から綺麗だったが、今の彼女は日本の商品で身嗜みを整えるようになり、その美貌にさらに磨きがかかっている。艶やかな唇に誘われるように唇を重ねる。

「んっ、はむ、ちゅ……ん、んっ……」

エレーンも慣れた様子でキスに応えてくる。唇同士を触れ合わせ、舌と舌を戯《じゃ》れ合《あ》わせるように重ね、絡める。

「んは……」

たっぷりとキスを楽しんでから口を離すと、名残を惜しむように唾液の糸が口の間をつなぐ。

もっと彼女を感じていたい。繋がっていたい。

ブラジャーをするようになって、さらにその大きさを強調するようになった双丘に触れる。

「んっ♥　は……」

熱を含んだ吐息が零れる。

始めて奉仕してもらったあのときから、俺達はすっかり体を重ねる関係になっていた。

エレーンは有能は商人であり、魅力的な女性だ。一緒に居て我慢できるはずもない。

服の上から手の平で撫でると、お返しとばかりにエレーンが同じように俺の胸を撫でてくる。

「……なんだかくすぐったいな」

「タダシは、くすぐったいだけなの？」

「エレーンはそうじゃない？」

「え？　それは……」

答えを濁し、視線を逸らす。

彼女の答えを引き出すため、充血してぷっくりと膨らんでいる乳輪を指の腹で撫で、硬くなってきている乳首を左右に転がす。

「んっ♥　あ、あっ♥　わかってる、くせにぃ……んんっ♥」

「エレーン、乳首を弄られるの好きだもんな」

「わ、私をこんなふうにしたの、タダシじゃない」

抗議するようにエレーンが言う。彼女はわかっていないようだが、よりいっそう俺を興奮させるだけだ。

「俺のせいなら……もっと感じるようにしないとだめだよな」

「ど、どうしてそんなことになるの……あっ⁉　んううっ♥」

エレーンの両方の乳首を同時にきゅっと摘まむ。強い刺激にエレーンは甘く喘ぎ、体をびくつかせる。摘まんだまま軽く引っ張って、指を擂り合わせるように刺激する。

「ふあっ⁉　あっ♥　あっ♥　や、それ……刺激、強すぎ……んんんっ♥」

俺の手に自分の手を添え、愛撫を止めようとする。

「だったら……こっちにしようか？」

左手は乳房への愛撫を続けながら、右手を股間に差し入れる。

「ひゃうっ⁉」

不意を打たれたように可愛らしい悲鳴をあげ、太ももを閉じる。

だがすでに手遅れだ。パンツ——これも日本の物だ——の上から秘裂を撫でると、しっかりと湿り気を帯びているのがわかった。

「んっ♥　んっ♥　タダシの、好きにされてばかりじゃ……ないわよ」

エレーンはそう言うと、胸を撫でていたときと同じように、今度は俺の股間へと手を伸ばしてくる。

ベルトを緩めて俺のペニスを取り出すと、亀頭を手の平で包むようにして刺激してくる。

「うあ……⁉　く……！」

思わず愛撫の手を止めると、さらにもう片方の手で竿を握り、上下に扱き出す。

「タダシだって……こうされると気持ちいいのよね？」

柔らかな手の平が亀頭を撫で擦り、竿だけでなく玉のほうまで刺激してくる。

互いに相手の弱いところを、感じるやり方で責め合う。

「はあ、はあ……あっ♥　あ、は……♥　ね、タダシ……」

「……うん」

俺達は顔を見合わせた。

エレーンの手は先走りでぬるぬるになり、同じように俺の手も彼女の愛液でべっとりと濡れて糸を引いている。

これ以上の愛撫はいらない……いや、もう待てない。

エレーンも同じ気持ちだったのか、パンツを脱ぐと俺の膝上に跨がり、位置を調整しながらゆっくりと腰を下ろしてくる。

「あ、あ……んんっ♥　タダシの……入ってきてる……あ、はあぁ……♥」

目尻をとろりと下げ、気持ちよさそうに呟く。

熱く濡れた膣肉がペニスを締め付け、襞《ひだ》が絡むようにうねうねと蠕動する。

ただ繋がっているだけなのに、たまらなく気持ちが良い。

「ね……タダシ……」

大きな瞳を潤ませ、甘く俺の名前を呼ぶ。それだけで、彼女が何を求めているのかわかった。

彼女の腰に腕を回して抱き寄せながら、ゆっくりと抽送を始める。

「んっ♥　んっ♥　あ、は…………あ、んっ♥　んあっ♥　あ、あ、あっ♥　中、熱くなって……あ、んあああっ♥」

気持ち良さそうに喘ぎ、自らも腰を使ってくる。

愛液が量を増し、結合部が糸を引く。肉竿が膣穴を出入りするたびに、粘り気のある水音を奏でる。

「あっ、あっ、あっ♥　すご……あっ♥　あっ♥　気持ち、いい……いいのっ♥　あ、は……んあ あっ♥」

よりいっそう激しさを増し、昂ぶったエレーンはまるで踊るように腰を弾ませる。

そのたび、露わになった爆乳がたぷんたぷんっと重たげに揺れ踊る。

「あっ、あっ♥　ん、んっ♥　あ、は……タダシ、タダシ……気持ちい……もっと、もっとぉ……あ、あっ、あっ♥」

喘ぎ声が艶めき、彼女がより深く快感を得ているのがわかる。

だが、このままだと保たない……！

エレーンとの甘やかで気持ちの良い時間を、もっと長く楽しみたい。休みなく襲いかかってくる快感に耐え、エレーンの動きを抑制するため、その腰をしっかりと掴む。

「う……あ？　タダシ……？」

気持ちいいのに、邪魔しないで。

俺を見下ろす視線に、そんな気持ちが滲んでいるのが伝わってくる。

「してもらうだけじゃなく……俺にもさせてもらうな」

彼女の返事を待たずに、俺は半ば強引に円を描くようにグラインドさせる。

「ふあっ!? あ、え？ んんんんっ♥」

自分のペースとは違い、その上想定していない動きが生み出す刺激に、エレーンが戸惑ったように喘ぐ。

「エレーン、奥をこんなふうにされるのも、好きだよな？」

腰からお尻へと手を移動させ、強めに捏ね回しながら、腰を小刻みに上下させる。

「あっ、あっ♥ んあっ♥ んくうぅ……♥ タダシ、奥、トントンって……そこばっかり、だめ、だめ……あ、ああっ♥」

おそらく半ば無意識の行為だろう。エレーンは自分の感じる場所に当たるように、気持ちよくなるように腰をくねらせる。

だが、俺は彼女の好きにさせず、腰を密着させたまま膣奥を亀頭で押し上げるように刺激し続ける。

何十回となく経験を積み、開発が進んだのだろう。

「んあっ……あ、あ、あっ♥ グリグリ、擦れて………そこ、そこ、いい♥ んああっ♥ あ、んくうっ♥」

ポルチオを攻められることで、エレーンは今まで以上の快感を得ているようだ。

もっとも、それは諸刃の剣だ。俺も正直、限界が近い。

腰奥から熱い塊がせり上がってくる感触。だが、もう少し。エレーンが達するまで後少しだけ。

快感に耐えながら、俺は最後の一押しとばかりに腰を使う。

彼女の腰をしっかりと抱きかかえ、下から激しく突き上げる。

「あひっ!?　あ、あ、あっ♥　激し……あ、は……タダシ、そんなにされたら……い、いくっ、私……いくっ」

昂ぶり、出口のない衝動を吐き出すように、エレーンが俺にすがりつき、背中に指を立て、軽く引っ掻く。

肌の上に走る軽い痛みが絶頂までの時間をわずかに引き延ばす。

「あっ♥　あっ♥　んっ、タダシ……私、くる……んっ、くるのっ、あ、ああっ♥　あ、あ、あ、あっ♥」

「俺も、もう……エレーン、一緒にいこうっ」

俺達は強く抱き合い、お互いを求め合う。

「あああーっ♥　あっ♥　あ、くううっ♥　んあああああっ♥　あ、あ、くる……くるのぉ……♥あ………んんっ！」

エレーンが空を仰ぐようにのけぞり、ぶるっと全身を震わせる。そして——。

「は、あああああああああああああああああああっ♥♥」

高く、長い嬌声と共に、ペニスを捻り絞るように、エレーンの膣中の圧力が一気に強まった。

「エレーン……!!」

びゅううううっ♥　どぷるうっ♥　びゅぐっ、びゅぐううっ♥♥

ペニスが跳ね、精液が迸る。

「ふぁっ、あっ♥　んひあぁッ♥　あ、あっ♥　中、暴れて……あ、ひ……はああああああああああああああぁんあぁあああぁっ♥♥」

二度目の絶叫。射精を受け止め、さらに深く達したようだ。

「う、く……」

まるで別の生き物のように、エレーンの膣が蠕動し、最初の一滴まで絞りとるかのようにペニスを包み、締め付けてくる。

そのままベッドに倒れ込みそうになるエレーンの体を慌てて支えると、脱力した体を投げ出すように俺に抱き着き、肩口に顔を埋めてくる。

「あ、あ……は……あぅ……ん、はああぁ………♥」

絶頂の余韻が消えるまで、俺達はそうして抱き合っていた。


心地良い疲れと彼女の体温を感じながら、柔らかな眠気に身を任せていると、エレーンが呟くように尋ねてくる。

「ね……タダシは、日本に帰りたい？」

「そうだな……来たばかりの頃は帰りたいという気持ちもあったと思う。でも、今はそんなこと考えもしないよ」

日本に比べて治安も悪い。街の外に出れば危険も少なくない。

もし、俺のスキルが『等価交換』ではなく、生活レベルがこちらの世界のままなら、日本が恋しくなっていたかもしれない。けれどエレーンに問われて気付いた。

どうやら俺は今の生活に満足しているようだ。

「だったら……これからも、ずっと私と一緒にいる？」

「そのつもりだよ。エレーンとなら、楽しく商売もできるだろうし」

「商売だけ？」

「え……？」

「前に話をしたわよね。父や兄が私に結婚するように言っているって。あのときは、誰が相手でも嫌だった。そんな気はなかったわ」

「……うん。だから家を離れたんだよな？」

「ええ。そうね。でも、あなたと出会って一緒に暮らすようになって、考えが変わったと言ったら、信じてくれる？」

「それって、俺と……？」

「そんなに驚くようなことかしら？　私が好きでもない男と、こんなことをするような女だと思ってる？」

上目遣いに軽く睨んでくる。

「いや、そんなこと思っていないよ」

会った初日にいきなりああいうことするから、手慣れていると思ってたけれど、エレーンは処女だった。

貴族とは違って、庶民は純潔にこだわらない。それでも、エレーンは初めてを俺に捧げてくれたのだ。その気持ちを疑うつもりはない。

「エレーンは、本当に俺でいいのか？」

「私の気持ちを尊重してくれるのは、タダシらしいわね。でも、そんなあなただから人生を共にしたいと思ったの」

「そっか。ありがとう……って、エレーンのほうが男前な感じだな」

こういうときくらい、格好を付けたい。

俺はベッドから降り、戸惑ったような視線を向けてくるエレーンと向き合う。

「タダシ……？」

彼女の前に片膝をつき、『等価交換』で取り出した、彼女の瞳の色に似た一輪の花を差し出す。

聞きかじりの知識だが、こちらの世界での求婚方法だ。

「エレーン。俺と結婚してください」

「はい。よろこんで」

花を受け取り、エレーンは幸せそうに微笑した。

こうして俺達は商売だけでなく、人生においてもパートナーとなった。

普段はほどほどに働き、休日は愛する妻とのんびりと過ごす。

向こうの世界でブラック企業に勤めていた俺にとっては、それだけでも十分に幸せだと思っていたし、それ以上を望むつもりもなかった。

だが、平穏というのは長く続かないものらしい。

「ごめんなさい。タダシ」

仕事先から戻って来るなり、エレーンが深々と頭を下げた。

こちらの世界の謝罪方法として、頭を下げるのは日本のものよりも意味が強い。つまり、それだけのことをする理由があるということだ。

「いきなりどうしたんだ？」

「私の家が……クニカ商会が、あなたに目を付けたようなの」

「そうなんだ」

「私が帝国にいることや、カネマツ商会の副会頭をしていることを知られてしまったようなの。その上で三番目の兄が圧力をかけてきたわ」

カネマツ商会というのは、俺の名前からエレーンが付けてくれた商店名だ。

この国に来てからは、俺達はそう名乗っている。

「圧力って、どんな？」

「辺境伯領にあるクニカ商会で、カネマツ商会とほとんど同じ商品を安く、広く販売するつもりみたい」

「ほとんど同じってことは、商品を買って真似たか、製法の情報をどこかで抜いたかしたのかな？」

「従業員のひとりが三日前から休んでいるわ。急いで確認したのだけれど、ウチを辞めて向こうの店で働くのなら、今よりも好条件を提示すると言われた人間もかなりいるみたい」

「製法を盗み、従業員を引き抜いて、こちらが弱ったところを見計らって傘下にすめるか、買い叩いて手に入れる。そうやってエレーンを連れ戻そうとしているのかな？」

「最終的にはそのつもりでしょうね」

「最終的にはって？」

「販売開始と共に、自分達が作った物が本物で、カネマツ商会は製法を盗み、真似をした粗悪品だと辺境伯に訴え出る……それくらいは言ってくるはずよ」

「なるほど。実際にやられたら厄介だな」

「ごめんなさい……タダシ」

エレーンは申し訳なさそうに目を伏せる。

いつも前向きで、楽しそうに商売をしていた彼女に、そんな暗い顔は似合わない。

「相手は実家の商会なんだろ？　だったら、素直に頭を下げて――」

「それは嫌っ！　絶対に嫌っ！　そんなことをしたら、タダシと別れさせられて、前に話をしていた男と結婚することになるでしょうね」

「俺と先に結婚していても？」

「教会にお金を積んで、私とタダシの結婚をなかったことにするくらいはするでしょうね」

帝国の辺境伯領でも、それだけの影響力を持っているのか。さすが商業国家ドンサグでも指折りの商会だ。

「エレーンは以前、自分の商売の邪魔をした実家を見返したいって言ってたよね？」

「え、ええ、そうね。でも……今のままじゃとてもかなわないわ」

今までのエレーンなら、敵対してきた商会があっても、何もしないうちに負けを認めるようなことはなかった。

一度は敗北したからか、それとも親兄妹が相手だからか、弱気になっているみたいだ。

「今回、邪魔をしてきたのはクニカ商会の総意なのかな？」

「それは……違うはずよ。辺境伯領は三番目の兄が担当しているの。タダシにわかりやすく言うのなら子会社のようなものよ」

「だったら、お兄さんが商売で失敗した場合、本社――ドンサグにある実家にどれくらい影響する？」

「まったく影響がないわけじゃないけれど、いざとなったら切り捨てることもできるでしょうね」

「お兄さんを痛い目に遭わせたら、エレーンと他の家族との関係はどうなる？」

「お父様と、一番目の兄様、弟達はわからないけれど、お母様と二番目の兄、それと妹は大丈夫かしら。もともと、私のしたいようにさせてくれていたから」

「……聞いてなかったけれど、大家族なんだな」

「ええ。商会を他国に広めるなら、上は信頼できる人間――家族に任せるのが一番だから」

「ねえ、エレーン。たとえ家族であっても、キミの商売の邪魔をするやつを許したくない。家族と争うことになってもかまわないかな？」

「兄様は、私よりも商才があるわ。前のときもかなわなかったわ……」

「そのときの相手も、三番目のお兄さんが相手だった？」

「証拠はないけれど、そうだと思う」

「そうかそうか。エレーンを苦しめたやつか。ちょっと痛め目に遭わせるくらいじゃ生ぬるいな。辺境伯領にあるその兄さんの商会を潰そう。できるだけ徹底的に」

「え？　そんなこと……」

「できるよ。もちろん、エレーンの協力が必要だけどね」

「で、でも……正面からやり合えば、先にカネマツ商会のほうが潰れてしまうわ」

エレーンは帳簿を付けているので、砂糖を始めとした原材料の仕入価格をよく知っている。だからこその絶望だろう。

けれど、それは納税のときに辺境伯家に提出するためのダミーだ。

召還時と同じように、俺がいきなり日本に返還されたとしても、商売が問題がなく回るような体制作りのためにしていたことだ。

「エレーン、お菓子の質を上げて値段を下げれば、お客はこちらを選ぶよね？」

「それはそうだけれど……」

「心配する気持ちはわかる。だから、俺の『等価交換』ができること――本当の仕入価格を教えるよ。これは俺とエレーンだけのふたりの秘密だ」

「本当の仕入価格……？」

「今まで材料はできるだけこちらの世界のものを使っていたし、購入額もそれに合わせていたけれど、お兄さんを叩き潰すまでは必要な物は日本から入手しよう」

よくわかっていないのか、エレーンは首を傾げている。

「向こうの世界の物のほうが質が良くて安いってことだよ」

俺は日本での価格をエレーンに告げ、実際にその金額で砂糖を用意してみせた。

「嘘、でしょう……？　ありえないわ……。どんな粗悪なものだって砂糖なら、その十倍以上の代金が必要なのよ？　それなのに、真っ白な砂糖をこの値段で!?」

エレーンの驚く顔が見たくて、俺はさらに『等価交換』をしてみせる。

「小麦や大麦が、これほどの品質で、いきなり粉になっている状態なの？　バターや卵や牛乳もこの鮮度なのに……どれもあり得ない値段だわ。これなら、今の十分の一の価格で販売しても充分に利益が出るわね」

今まではクッキー1枚を銀貨1枚で販売しても、銅貨2枚の利益だった。他に必要経費を抜けば、1枚あたりの純利益は銅貨1枚程度だ。

けれど、俺が原材料を『等価交換』で全て用意したら、利益率が90パーセントどころか、95パーセント以上になる。

「それで、クニカ商会はクッキーをいくらで売るつもりかわかる？」

「宣伝していたわ。クッキー1枚で銅貨5枚ですって」

「ずいぶんと思いきった値段設定だな。それじゃ、完全に赤字だろ？」

「商会の持つツテを使って、原材料費や運搬代なんかを削って、クッキーの質をギリギリまで落とせば……赤にはならないかも。ウチが潰れるまでの間、その金額で売って、独占したら値段を上げれば十分に黒字も出せるわ」

「だったらウチはクッキーを銅貨1枚で売ろうか。あと、新商品をいくつか投入するってことで」

「新商品って……そんなものが簡単にできるの？」

「できるというか、あるんだよ」

チョコレートクッキーを『等価交換』で取り出す。

「これは……？　ずいぶん黒いけれど、焦げているの？」

「食べてみてよ」

おそるおそる食べると、エレーナは目を見開いた。

「初めて食べる味ね。でも、とっても美味しい……！」

「チョコレートクッキーって言うんだけれど、作り方を想像できる？」

「無理ね。まったくわからないわ」

「これは俺が全部用意するよ。エレーンほどの知識があっても無理なら、クニカ商会が真似することはできないだろう？」

「でも、それは手間なんじゃ――」

「『等価交換』」

テーブルの上に、チョコレートクッキーの入った箱を積み上げる。

「これ一箱に10枚ちょっと入っているけど、銅貨2枚しないくらいだね。外の箱はそのままってわけにはいかないから、売る前に剥ぐ必要があるけれど、大した手間じゃないだろう？　あとは値段だけれど……チョコレートクッキーは1枚、銅貨3枚にしたらどうかな？」

「……確実に売れるわね」

「それと、貴族向けの商品も用意しよう」

今度はチョコレートのお菓子をいくつか用意する。

「同じような色をしてるわ。それに香りも……これはクッキーに入っていたチョコレートかしら？」

「うん、正解。でも、味はだいぶ違うよ。食べてみて」

薦めると、エレーンは今度は躊躇いなくチョコレートを口に運んだ。

「……っ！」

ぱあっと顔を輝かせ、蕩けるような笑みを浮かべる。

「すごいわ。甘くて、口の中で蕩けて……こんなに美味しいなんて……」

「これを貴族や裕福な商会に売っていこう」

「これもたくさん用意できるの？」

彼女の問いかけに大きく頷く。

「ねえ、タダシ……あなたは、あまり目立ちたくないのよね？　それなのに家族の確執のために『等価交換』を使うことになっても、かまわないの？」

「愛する妻の幸せのため、少しばかり協力をするだけだよ。それに、もしもクッド王国の連中に見つかったら、また別の国で新しく商売を始めよう」

「ありがとう、タダシ」

「エレーンのためだけじゃなく、俺がそうしたいと思ったことだから」

正直に言えば、俺は怒っていた。一度ならず、二度までもエレーンを追い詰めようとするような相手に容赦するつもりはない。

「クッキーやチョコレートなんかの菓子は全て俺が用意するから、向こうの商会は絶対に真似できない。難癖《なんくせ》をつけてきたところで、同じものを作れないのなら、いくらでも手の打ちようがあるだろう？」

「ええ、ええ、そうね！」

「あと、発売前の商品を含めて、全て辺境伯に献上する。そうすれば、後から似たような物を出されても、カネマツ商会の物が本物だとわかるだろう？」

「たしかにそうね。辺境伯家とのやり取りは私に任せてっ！」

エレーンの瞳に輝きが灯る。やはり、彼女はやる気に満ちているほうが魅力的だ。

「それと、売り物には小さく焼き印を入れるようにしようか。本物である証明になる。これも――」

「辺境伯様に許可をいただくのね！　だったら、紋章の一部を使用させていただくようにお願いしてみるわ。許可無く使用したら、ただでは済まないもの」

「そんなことできるの？」

「ええ、この新商品があれば……あと、日本のお酒を少しでいいから用意してもらえる？　できればワインの良いのがあるといいのだけれど」

「それくらい簡単だよ。『等価交換』！」

向こうで数万クラスのワインを入手し、エレーンに手渡す。

「これなら、きっと辺境伯様も気に入ってくださるわ」

そういえば、こっちはまだ硝子《ガラス》は珍しいんだっけ。

「中身も自信を持って薦めることができるものだよ。試しにいくつか飲んでみる？」

「私が飲んでもいいのかしら……？」

「味を知らないと説明できないだろ？　俺もこっちの酒のことをそれほど知らないから、エレーンの意見も聞かせてほしい」

「そうね。それじゃあ……」

いくつかを味見して、エレーンは笑みを深めた。

「ありがとう。これがあれば辺境伯様もきっと商談に快く応じていただけると思うわ！」

感極まったように言うと、エレーンが俺の胸に飛び込むように抱きついてきた。

エレーンの兄との対立――俺が勝手に名付けた『クッキー戦争』が始まってそろそろ三ヶ月くらいは経っただろうか。

結果から言えば、カネマツ商会が勝利した。

クニカ商会はかなりの額の赤字を抱え、新規事業から引き上げることになり、新しく開いた店だけでなく、別の商売をしていた既存の支店もいくつか失った。

さすがにこれだけダメージを受けたのなら、もう余計なことをしてこないだろう――そう思っていたのだが、判断が甘かった。

「まいったな。ちゃんと気を付けていたつもりだったんだけど……」

大通りから少し入った路地裏。俺はそこで複数の男達に囲まれていた。

「貴様がカネマツ商会のタダシで間違いないな？」

「答える必要があるのか？」

「抵抗するつもりならば止めておけ。こちらも無為に命を奪いたくない」

前に襲ってきた野盗達とは比べものにならないレベルの実力者っぽい。

戦ったところで叶わず、逃げることも難しそうだ……となれば『等価交換』を使って、あちらの世界の道具でどうにかするしかないか？

……スキルのことを知られたくないけど、しかたないか。

そう覚悟を決めたところで、俺と男達の間にフード付きのマント姿をした女の子が割って入ってきた。

「ボク、とってもお腹が空いてるんだけど、助けたらまたお腹いっぱい美味しいものを食べさせてくれる？」

懐かしくも頼もしい問いかけに、思わず笑みがこぼれる。

「ああ。約束する」

「ん。契約せーりつ」

久し振りに再会した彼女——ミスミは俺の言葉に笑顔で頷いた。


「タダシ！　無事だったのね!?」

ミスミと共に家に戻ると、慌てた様子のエレーンが抱きついてくる。

「……って、どうして俺が襲われたことを知ってるんだ？」

「兄から連絡があったの。タダシを預かった。無事に返してほしければカネマツ商会の権利をすべてよこせって」

「なるほど。じゃあ、さっきの連中って、エレーンの兄が雇ったやつらか」

「ごめんなさい。まさか、こんな短絡的な手を使ってくるなんて……。でも、タダシもタダシよ？護衛もつけずに外へ出かけるなんて、自分の立場がわかってないのっ!?」

目の端に涙を浮かべ、声を震わせている。

どうやらかなり心配をさせてしまったようだ。

安心させるように、エレーンの背をポンポンと軽く叩く。そうすることで落ちついたのか、体を離すと隣で立っていたミスミに向き直る。

「ごめん、エレーン。襲われたけれど、ミスミが助けてくれたんだよ」

「ミスミ、久しぶりね。それから、タダシを守ってくれてありがとう」

「ボクにとっても利のあること。だから気にしなくていい」

「利……？」

「助けてもらった報酬に、食い放題を提案したんだよ」

「だったら、こんなところで立ち話ではなく、応接室へ来てもらいましょう」

ミスミを商売で使っている応接室へと案内する。

「そこに座っていてくれ。お茶でも飲みながら、どんなものが食べたいのか聞かせてもらえるか？」

ミスミにソファを勧め、紅茶とお茶請けとしてのクッキーを出し、俺とエレーンはそろって向かいに腰を下ろした。

「それにしても、帝国でミスミと再会するなんて、すごい偶然ね」

「偶然じゃない。タダシのことを追いかけてきたから」

エレーンの言葉を、ミスミは小さく頭を振って否定する。

「追いかけて来たって……死んだように見せかけた上、他の国にまで逃げてきてるんだけど、よく俺の居場所がわかったな」

「魔法をかけておいたから」

そう言いながら、ミスミは俺の頬をちょんちょんとつつく。

「……あのときのキス？」

「そう。エルフの使う魔法の一つ。離れていてもなんとなく相手のいる場所がわかるようになる」

「へえ、そんな魔法があるんだ……って、どうしてそんなことしたんだ？」

「用事が終わったら、タダシに会いに行くつもりだったから」

「俺に……？」

ミスミにとって俺は、旅の途中でたまたま会った相手でしかないはず。

「ボクは、レクストの森のエルフ、ミスミ。タダシの護衛に雇ってほしい」

「ミスミほど強い護衛がいれば安心できるけど……ずいぶん唐突な話だな」

「どうしてタダシなの？　彼を選んだ理由を教えてもらえるかしら？」

嘘は許さないとばかりに、エレーンがミスミをまっすぐに見つめた。

それを受けるミスミは、どこか落ち着かない様子で視線を揺らしている。

普通ならば怪しむところだが、彼女の口の端にちらりと見える涎が全てを物語っていた。

「そのクッキーは報酬の一部だと思って、よかったら好きなだけ食べて――」

「はぐっ。むぐむぐっ。おいひ……はぐっ、んぐっ」

俺の言葉が終わらないうちにミスミはクッキーを両手に持つと、左右交互に口に運んでいく。

一応、五人分は並べておいたのだが……。

「……もう、なくなった」

一瞬で空になった皿を見て、ミスミは眉尻をへにゃりと下げて、悲しそうな顔をする。

「お代わり……いや、次は別の甘い物にするか。まだ食べられるだろ？」

俺がそう尋ねると、ブンブンと頭を上下させる。

苦笑しながら、今度は何種類かのケーキを並べる。

「食べていいの？」

「もちろん」

クッキーと同じように、ケーキを両手に持ち、交互に口に運んでいく。

「おいひい！　ふごい。これがけーひ！」

口の周りにクリームを付け、子リスのようにほっぺたを一杯にしている。

「なあ、エレーン。俺……ミスミが護衛をしたいって言ってきた理由がわかったかもしれない」

「私も」

俺とエレーンは顔を見合わせて苦笑する。

「なあ、ミスミ。俺の用意する食べ物が目的なのか？」

「そんなことない。違う。食べ物はあまり関係ない」

あまりって言ってる時点で、語るに落ちているんだが……。

「本当に護衛を頼めるのなら、通常の給料の他に、三度の食事とおやつを提供すると約束しよう」

「明日からは安心して暮らしていい。何があっても私がタダシを守る」

きりっとした顔をしているけれど、俺の名前の前に『美味しい食べ物のため』という言葉が聞こえるようだ。

「で、どうかな、エレーン」

「そうね。ミスミに守ってもらえるのなら安心だわ」

「ということだ。これからよろしく。約束通りに甘い物がいいか？　それとも他に食いたい物があるのなら、それでもいいけど」

「だったら、カレーライスが食べたい」

……意外なチョイスだな。というか、なんでカレーを知ってるんだ？　カレーパン……とかも渡したっけ？

そこが気にはなったが、用意することはできる。

「わかった。じゃあ、今晩はカレーにしようか」

「わーい、とっても楽しみ♪」

無邪気に喜んでいるミスミを見ると、エルフが強いようには見えない。

どうしてそんなに恐れられたいるのか、興味から尋ねてみたのだが、２００年ほど前、エルフの美しさに惹かれたクッド王国のとある貴族が奴隷にしようとしたそうだ。

当然のようにエルフに報復をされ、一族もろとも皆殺しにされたことがあるらしい。

それも暗殺のような手段ではなく、わずか十数人のエルフ達に正面から力で叩き潰されたそうだ。

「当時、そのチューフェ子爵の領には数百人の兵がいたけれど……」

それでも、エレーンが言葉を濁すような結果になった、ということか。

「でも、そんなことをしたら、クッド王国の他の貴族から報復されたりしなかったのか？　いくら強くても戦闘は数の力だろ？」

エルフが千人いても、人族が10万で攻めれば、さすがに勝てないだろう。

「子爵の派閥のいくつかの男爵家や騎士爵家が兵を派遣したけれど、そちらも家ごとエルフ達に潰されたみたいね。それで、王国との全面戦争になる前に勇者エーサクが調停したと伝わっているわ」

エレーンの説明に、また気になるところがある。それに、エルフは長命だっていうから……。

「あー、ミスミ、その話って……」

「全部、本当のこと。狙われたのはボク達の隣の森で暮らしている家の子」

「へえ、そうか……って、ミスミのとこは大丈夫なのか？　お前の家族が俺達を殺しに来たりしないだろうな？」

「だいじょうぶ。ちゃんと自分の意思だって伝えてある。それに、もし来てもタダシの食事かお菓子を食べさせれば問題ない」

「それはミスミだけじゃないのか？」

「そんなことない」

「……そうか」

これ以上は追及しても無駄だろう。とはいえ、彼女がそれだけはっきりと言うのなら、信じるしかない。

「わかった。じゃあ、出かけるときはミスミと一緒ということで。エレーンもそうしてくれ」

「ええ、そうさせてもらうわ」

「ミスミ、ちょっと出たいんだけれど、いいか？」

「どこに行くの？」

「支店を回って材料の納品だよ。予想していたよりも早く無くなったみたいで」

「エレーンは？」

「店に残って仕事。ちゃんと護衛もついてる」

俺がミスミと一緒に行動することが多いので、人間の護衛も雇って、普段はエレーンについていてもらっている。

「それじゃ、行こうか」

「……ん」

ミスミと共に家を出て、今もまだ少しだけ違和感を覚える中世のヨーロッパのような街並みの中を歩いていく。

当たり前に武器を所持している人間が歩いているが、彼女が一緒にいてくれるだけで安心感が違う。

目的である支店だけでなく、ついでに他店も見て回り、販売状況などを聞いたり、不足している物の補充をしていく。

「どのお店も、すごく売れてるみたい」

「そうだな」

「甘くて、とっても良い匂いがする」

口の端にきらりと光るものがある。どうやら空腹のようだ。

「……どこかで軽くおやつにするか」

「家に戻るまで我慢する。街中は人が多いから、あまりのんびりできない」

「たしかにそうなんだけど……せっかく外に出たんだし、散歩がてら少し歩くか？」

「周りに変な気配はないけれど、そんなこととしてもいいの？」

「少し大回りになるけど、途中にちょっとした公園――というか、林みたいなところがあるだろ？

あそこならのんびりできるんじゃないか？」

狙われる可能性があるからと、恐怖に怯えて引きこもってばかりもいられない。

俺達は連れだって　街から少しだけ離れた場所へと向かった。

「ミスミ、このあたりなんだけど……どうだ？」

「悪くない。ここなら、何かあってもすぐにわかる」

樹を背負う形になるが、見晴らしも悪くないし、何よりミスミが一緒なら安心だ。

『等価交換』で用意したレジャーシートを地面に敷いて、日本の甘味を用意する。

「全部食べていいの？」

「もちろんだ」

「ありがと」

幸せそうな笑顔で、目の前の料理や甘味を口に運んでいく。ミスミの食べっぷりは見ていて気持ちいいくらいだ。

「ふう……ごちそーさま」

「もういいのか？」

「うん。これ以上食べると、戻ってからおやつが食べられなくなるから」

「夕飯じゃなくておやつなのかよっ」

思わずつっこみを入れてしまう。

「エルフってもっと食が細いイメージだったんだが、もしかしてよく食べるのはミスミだけか？」

「違う。エルフはみんなたくさん食べる。有名な話」

「へえ、そうなのか」

やっぱりあっちの物語に登場するエルフとはイメージが違うな。

「タダシがそう思うのも、ボク達のことをよく知らないのも、異世界人だから？」

「あれ？　俺が異世界から来たこと話してたっけ？」

「最初のときに報酬として渡されたパンを『日本の物』だと言っていた。日本は勇者エーサクの生まれ故郷で、同じ名前の国や土地はこの世界にはない」

「そ、そうか……」

勇者エーサク。エレーンの話で気になっていたが、やっぱりそうなのか……。

「それにあのときの後、ボクは王国で『聖女』に会ってきた。そのときに聞いた『一緒に召喚された塩しか出せない役立たずな男』っていうのがタダシ。違う？」

「そこまで知ってるのか……そう、その塩しか出せない役立たずの男っていうのが俺だよ。生きていることをクッド王国に言うか？」

「タダシが望まないのなら、王国に話したりしない」

「ありがたいけれど、どうして？」

「エーサクに、もしもまた日本から来た人がいて、何か困っていたら助けやってほしいと頼まれている。だから、タダシが困るようなことはしない」

「『聖女』は？　会ってきたんだろ？」

「助けはいらないと言われた。もう会うこともない」

淡々としているが、ミスミの口調や表情にわずかな怒りが滲んでいるのを感じた。

「あー、もしかして失礼なことを言われたとか、されたのか？」

会話もほとんどなく、本当に僅かな時間しか一緒にいなかったが、『聖女』がミスミに対して何かやらかしたのだろうと確信できた。

「……ちょっとだけ」

「同郷のやつが迷惑をかけたみたいだな。すまない」

「タダシが謝ることじゃない。『聖女』のことはどうでもいい。タダシのほうがずっと大切」

「食べ物的な意味で？」

「それは否定しない。でも、それだけじゃない。ボクはタダシのことを気に入った。これも本当」

そう言いながら、体を寄せてくる。

「気に入ったって……え？」

いきなりのことに、俺は軽く戸惑った。ミスミは俺の知る物語のエルフらしく、怖いくらいに美人なのだ。

「ミ、ミスミ、そういうことはあまりしないほうがいい」

「どうして？」

「どうしてって……ミスミみたいな女の子にそういうふうにされたら、誤解するやつもいるからだよ」

「誤解？　タダシが想像しているような意味で、こうしてるのに？」

言いながら、ミスミは俺の股間へと手を這わせてくる。

「ミ、ミスミ……？」

「エレーンとしていること、ボクもするから」

「え？　いや、それは……」

「するから」

どうやら意思は硬いようだ。

「ミスミ、エルフはどうだか知らないけれど、人間――いや、俺は恋人でもない女の子とそういうことしないんだよ」

「……そう」

どうやらわかってくれたみたいだ。

「わかった。だったら、ボクがタダシの恋人になれば問題ない」

「……は？　え？」

戸惑っている俺の腕を取り、ミスミはさらに樹の陰の深いところへと誘う。

「ま、待った！　恋人って、そんな簡単なものじゃないだろ？」

「そうなの？」

小首を傾げながら、聞いてくる。

「聞きたいのはこっちのほうなんだが……」

「前に、ボクのこと『めちゃくちゃ綺麗』って言った」

初めてミスミと会ったときに小声でエレーンに尋ねた台詞を聞かれていたようだ。

「ボクとそういうことするのは嫌なの？」

「俺はエレーンを裏切るようなことをしたくないんだよ」

「エレーンを大切にしているのはよくわかった。だから、タダシがその気になるようにする」

「へ……？」

間の抜けた声をあげた次の瞬間には、俺は樹に体を押し付けられていた。

体格は俺のほうが良いのに、ミスミのほうが力が強く、その上、巧みに位置取りをされて動けない。

「まずは手コキをする」

「は？　え？　なんでそんな言葉を知ってるんだよっ!?」

「エーサクが教えてくれたこと。だから、エルフはみんな知ってる」

おい勇者。お前、エルフになんてこと教えてんだよと文句を言いたくなる。

「こういうことするのは初めてだけど、エーサクの奥さん達に色々と教えてもらっている。だから安心してほしい」

「いや、安心できる要素がまったくないよな!?」

「天井の染みを数えている間に全部終わる」

「いや、ここは外だけど？」

「むー。タダシは細かいことを気にしすぎ」

「細かいことじゃ――んんっ」

俺の反論を封じるように、やや強引なキスで唇を塞がれた。勢いもあって、軽く歯が当たって小さな痛みが走る。

顔を離すと、ミスミが唇に手を添える。

「……おかしい。キスは気持ちいいはずなのに、ちょっと痛かった」

「キスも初めてだったのか？」

「うん。タダシとするのが初めて。だから、もっとする……んっ、ちゅ……」

今度のキスは、ただ唇を触れ合わせるだけの淡いものだった。

「これなら、痛くない……それに、ちょっと気持ちよかった」

「なあ、ミスミ。さっきも言ったけど、俺はエレーンを裏切りたくないんだ」

「大丈夫。タダシはボクのすることを受け入れるだけでいい。天井の染みを数えている間に終わる」

「何が大丈夫かわからないし、その言い回しは二度目だぞ？　もしかしてエルフの間で流行ってるのか？」

「日本の性行為では、軽い冗談を言って相手の緊張を解すのに使われるとエーサクが言ってた」

「うん、間違っているな。勇者の言葉を鵜呑みにしないように、エルフに伝える必要があるぞ？」

「そう？」

こうして会話をしている間も、俺はどうにか逃げ出そうとあがいていたのだが、ミスミにまったく敵わない。

ものすごく高度な技を、エロいことをするために発揮しないでもらいたい。

「タダシ、あまり抵抗をするなら魔法を使って動けなくする。そのほうがいい？」

「そんなこともできるのかよ……」

「うん」

その言葉を証明するかのように、くるっと体の向きを変えられ、樹に手を突いたところで、まるで固まったように手足が動かなくなった。

「うお……!?」

膝立ちになったミスミが後ろから抱き着いてくる。

腰の辺りに柔らかな胸を押しつけられた。そう感じたときには、ベルトを外され、ファスナーを下ろされ、ペニスを掴まれていた。

「魔法ってすげーな……って、ミスミ、いい加減にしないとさすがに怒るぞ？」

「おちんちん、硬くしてるのに？　これはボクの魔法じゃないよ？」

「それは……」

しかたがない。ミスミのような絶世の美少女を相手に、反応せずにいられるような賢者ではないのだ。

「できるだけ優しくするから、安心していい」

「それもエーサクが残した言葉とかだろ？」

「うん。初めてのとき、相手に言うと効果的」

「今は逆効果だぞ？」

「それじゃ、始める」

どうやら抵抗は無意味のようだ。

ミスミは細い指を竿に絡めるようにして、ゆっくりと前後させ始めた。

「こうすると気持ちいいんだよね？」

手の平を使って先端を包み、優しく捏ねる。

「お……!?」

俺の反応に気を良くしたのか、ミスミはさらに熱を入れて攻めてくる。

環を作った指でカリ首を押し上げながら擦り、反対の手で竿を撫で、玉を優しく揉んでくる。

「ミ、ミスミ、なんだか慣れているというか、上手くないか？」

何度かエレーンにしてもらったけれど、それよりも気持ちがいい。

「ふーん、ボクって上手なんだ？」

くすりと笑うと、答え代わりとばかりに手の動きをさらに速める。

「う、く……！　本当に初めてなんだよな？」

そう言いたくなるくらいに、巧みに肉竿を扱きあげてくる。

「さっき言った。エーサクの奥さんのひとりに練習の仕方を教えてもらって、木型を使って練習したから」

「そんなことしてたのかよっ」

「エルフの里の女の子は、みんなやってるよ？」

「エルフじゃなくて、エロフじゃないかよっ」

「それ、エーサクも言ってた。でも違う。こんなことは好きな相手にしかしない」

柔らかな指の腹で亀頭をくるくると撫でながら、さらに強く抱きついてくる。

「んっ、んっ……タダシの、ビクビクってなってる。これって気持ちよくなってるからだよね？」

問いかけながらも手の動きが止まらない。

否定することもできないくらい、ミスミの手コキは気持ちが良いのは事実だ。そしてそれを否定したところで無意味だ。

「……ああ。すごく気持ちいいよ」

俺は素直にそう答えた。

「ふふっ、そうなんだ……ボクの手で気持ちよくなってくれるの、嬉しい」

顔は見えないけれど、ミスミが嬉しそうに笑っているのを感じる。

「もっともっと気持ちよくする。びゅーびゅーって、たくさん出してね」

指の腹で亀頭を扱き、裏筋を撫で、カリを擦る。そうしながらも、優しく玉を撫で揉むのを忘れない。

なんでこんなに上手いんだよ……！

そう言いたくなるほど、ミスミの手コキは巧みだった。

「はあ、はあ、はあ……タダシ、どう？　しゃせーしたくなった？」

「ミスミ、胸があったってるんだけど……」

「うん、当ててるから」

予想してた通りの返答だ。どうやらエーサクの悪影響は、かなり根深いようだ。

くだらない話をして気をそらそうとしても無駄だった。

与えられる快感に、半ば強引に絶頂へと押し上げられていく。

「く、あ……！」

強烈な刺激に、思わず呻き声が漏れる。

「先からぬるぬるが溢れてきてる。これ、かうぱーだよね？　タダシ、イキそうなんだ？」

チンポ全体に先走りを塗り広げるようにして、さらに刺激してくる。

「はあ、はあ……く、う……！」

声が漏れる。膝が震える。足に力が入らない。魔法で固定されてなかったら、立っていられなかったかもしれない。

「出そうなの？　タダシ、しゃせーするとこボクに見せて。いっぱい、いっぱい出していいからね？」

先走りでぬめる手の平で亀頭を包んで擦りながら、射精を促すように玉を揉み捏ねられる。

「う、あ……ミスミ……それ以上、されたら……出るっ」

「んっ、んっ、んっ♥　いいよっ。出しちゃえ♪」

根元から搾りあげるようにして竿を擦りあげられ、そして……俺は、限界を迎えた。

「く、ああっ!!」

腰が跳ね、ミスミの手の中に射精する。

びゅぐううううっ。びゅぐっ、ぶぴゅうううううっ。びゅぐっ。どびゅうっ。

ミスミの小さな手で受け止めきれなかった分が飛び散る。

「すごい……これがしゃせー。初めて見た……」

うっとりと呟きながら、最後の一滴まで搾りとるかのようにミスミが竿を扱き続ける。

「はあ、はあ、はあ……」

半ば……というか、ほとんど無理やりされたことだけれど、気持ち良かった。

これでやっと解放されると、そう思っていたのだけれど、考えが甘かったようだ。

再び、体を反転させられ、ミスミと向かい合う。黙っていれば、まさに森の妖精というべき美貌だ。

「タダシ……男は一度で満足しないんだよね？」

「え……？」

「ちゃんと満足するまで、何度でもシャセーさせてあげるね」

「いやいや、もう十分だから、満足したからっ」

「嘘。だって、まだおちんちん硬いまま」

「そ、それは……」

「エーサクは一日に十回はよゆーって言ってたんだって」

「一緒にしないでくれーっ!!」

「そっか……じゃあ、あと一回だけにしとく」

「……あと一回はするのか」

「うん。だって……手コキしただけで、ボクとせっくすしてないでしょ？」

「……へ？」

「次は、ちゃんとせっくすしよ？」

そう言うと、ミスミは再びペニスを掴んでくる。

「ま、待った待った！　それはさすがにダメだろっ」

「ダメじゃない。それに……ボクだって女の子。初めては好きな相手がいい」

そう言うと、俺の首に腕を回して抱きついて腰を押し付けてくる。

肉棒が秘裂に振れると、そこはもう十分に濡れているのがわかった。

「タダシのおちんちん、今からボクのここ……おまんこに入るんだよ？」

チンポを太ももの間に挟んだまま、軽く腰を揺する。

先走りだけでなく、愛液で全体が滑ってくるのがわかる。

「これくらいでへーきかな……」

ミスミは独り言のように呟く。

「……わかった。わかったから、魔法を解いてくれ」

「タダシ……？」

「こんなふうに無理やりじゃなく……俺が自分で決めて、ミスミとする。それならいいだろ？」

「……いいの？」

「エレーンには、後で土下座して謝るよ」

許してもらえるかわからないけれど、それくらいしかできることはない。

俺の本気を感じたのか、ミスミが魔法を解いたのだろう。空間に固定されたように動かせなかった手足が解放された。

「それじゃ、最後の確認だ。本当に俺が相手でいいんだな？」

「うん」

迷いなくミスミは頷いた。

「まったく……男の趣味が悪いんじゃないか？」

「そう？　ボクは見る目があると思ってるけど」

くすりと笑うミスミの頬に手を添え、今度は俺から唇を重ねる。

「んっ……んんっ!?　ちゅ、はぷっ、ん、ん……ちゅ、ちゅむ、ちゅむ、ちゅ……」

舌を差し入れ、口内を丁寧に舐める。

「ぷあっ……はあ、はあ……」

自分からするときはどこか冷静だったけど、攻められるのには弱いみたいだな。

ならミスミにペースを握らせないためにも、ここからは俺がする。

「ミスミ、するぞ」

「う、うん」

彼女が頷くのを確かめ、俺はいっきにペニスを挿入する。

「うあっ!?　く……んんんっ」

ミスミが眉根を寄せ、軽く顔をしかめる。

「……痛いか？」

「はあ、はあ……んっ、だいじょぶ……剣で切られたりするのと比べて、ぜんぜん痛くない」

「比較対象が物騒すぎるだろっ。魔法で治癒とかできないのか？」

「できる」

魔法が発動したのかわからないが……ミスミができると言ったのだから、治癒はしていると考えよう。

キツく締め付けてくる膣道を、押し広げるように腰を動かす。

「んっ……ん、あ……体の中で、動いてる……なんか、変な感じ……」

「痛みは大丈夫そうだな」

「うん。へーき。もう、痛くない……けど……んあっ、あっ。なんか、変な声……出る……んんっ、お腹、熱くなって……あ、あっ」

「それは気持ちいいってことだと思うぞ？」

腰が密着するほど深く突き入れ、抜ける直前までペニスを引き抜く。

「あ、あっ♥　そっか。これが、せっくす、なんだ……んんっ♥　あ、は……変じゃなくて、気持ちいいんだ……んんんっ♥」

自分からも腰を動かす。手コキと違って練習のしようもなかったのか、動きはぎこちない。

「はあ、はあ……ね、タダシ……おちんちん、擦れると、ぞくぞくってするの……好き、かも……んっ、あっ♥　う……くっ♥」

ミスミは刺激を求めるように、自分から腰を動かす。

単調な出し入れでも、初めての彼女にとっては十分以上の刺激になっているのだろう。

「あっ、あっ♥　んんんっ♥　気持ちいいの、どんどんおっきくなって……ふぁあっ♥　あ、あっ、んんんっ♥」

ミスミはどんどん昂ぶっていく。

出したばかりのはずなのに、俺も限界が近づいている。

……こんなに簡単にイキそうになるなんて、先ほどの治癒魔法、もしかしたら俺のチンポにも影響があったんじゃないだろうか？

「んっ、んっ♥　あ、あっ……あ、くる……なんか、くる………ぞくぞく、溢れて……熱いので、いっぱいになる……あ、あっ♥　もう、もうっ！」

「く……！　ミスミ、出るっ」

「はあ、はあ……うん、いいよっ。しゃせーして、ボクのおまんこに、タダシのせーし、いっぱい出してっ！」

ミスミが強く抱き着き、足を腰に絡めてくる。

火傷しそうなくらいに熱くなっている膣肉に包まれ、痛いくらいにペニスが締め付けられる。

「く、うあぁっ!!」

ほとんど密着した状態のまま、彼女の膣内へ射精した。

「ふあっ。あーっ♥　出て……ふえっ？　あ、え？　なんで……あ、あ、んあああああああああああっ♥」

膣で射精を受け、戸惑ったような声をあげながら、ミスミはびくっ、びくっと体を小刻みに震わせた。

「はあ、はあ……これが、せっくす……ん、はあ……とっても、気持ちよかった……」

「……やってしまった」

いや、この場合はやられてしまったのほうが正確なのかもしれないけれど。

「これで、タダシとボクは夫婦になった」

そう言って、にっこりと微笑《わら》う。

ああ、もう、めちゃくちゃ綺麗で可愛いな。

「えーと、恋人じゃないのか？」

「タダシとは一線を越えたから、ボク達は夫婦になった」

どうやらエルフ的にはそういうことらしい。

「認識の違いについては後で話すとして、まずはエレーンのとこへ行くぞ」

「うん。わかった」

ミスミとしたことに後悔は無い。だが、エレーンを裏切ったことには強い罪悪感がある。死刑台に向かう囚人の気分で、俺はエレーンの元へと向かった。

「エレーン、仕事中に悪い。話があるんだけど、いいかな？」

「ええ、かまわないけど……何かしら？」

ミスミと関係を持ったことを告げようと口を開く。だが、先に言葉にしたのはミスミのほうだった。

「エレーン。ボクもタダシの妻になった」

「あら、そうなのね。思ったより遅かったわね」

「へ……？」

「ミスミ、わかっていると思うけれど、タダシは人族だから公的に妻になったと形を残す必要があるわ」

「面倒だから、そういうことはエレーンに全部任せたい」

「わかったわ。書類は用意しておくから、後でサインだけお願い」

エレーンとミスミはそうするのが当たり前のように話を進めていく。

「ちょ、ちょっと待ってくれ！」

「どうしたの？」

「どうしたって、エレーンはそれでいいのか？」

「いいって……ミスミも妻になったのなら届け出は必要よ？」

あれ？　おかしいな。夫に自分以外の女がいるのは許せない！　とかにならないのか？

もしかして俺が思い上がっていただけで、エレーンは特に何も思っていなかったとか？

「俺はエレーンという妻がいるのに、ミスミとも関係を持ったんだぞ？」

「ええ、ミスミもタダシの妻になるのよね？　彼女なら歓迎よ」

「ありがとう。ミスミもちろん、妻としての順位はエレーンの次でいい」

「なあ、エレーン……俺のいた国、日本は一夫一妻だったんだよ」

「あら？　勇者エーサクは八人の妻がいたそうだけど」

「違う。エーサクはエルフの里で暮らすようになってから、さらに二人の妻を迎えたから、最後は十人になってた」

「何してくれてるんだよ、勇者ぁ……」

異世界に来てはっちゃけたタイプか？　元々ハーレム願望でもあったのか？

「でも、タダシが言いたいことはわかったわ。あなたが気にしていることもね」

「エレーンはいいのか？」

「タダシ、こちらの世界では妻が複数いるのは珍しくないの。特に貴族や裕福な家なら、なおさらね。私の家もお母様達は三人だったわ」

ああ、だから兄弟姉妹が多いのか。商売を広げるには家族だと言っていたし、ある意味では合理的なのか？

「勇者エーサクと同じくらいの人数の妻がいても、タダシが本気でスキルを使えば養えるでしょう？」

「それは……できるけど」

「重要なのは甲斐性。タダシなら、エレーンとボクのふたりじゃ少ないくらい。それに、勇者のスキルは子供に受け継がれることがあるから、積極的に子作りをすべき」

「なあ、ミスミ。子供をたくさん作れって、俺の『等価交換』のスキルの継承が目的じゃないだろうな？」

「日本の食べ物の味を知ってしまったら、もう昔の食事には戻れない。ボクをこんなふうにした責任を取るべき」

「開き直ったな？」

「タダシが気に入ったのも本当。それに、子供が欲しいのも。だから、次からは本気で子作りする」

「よかったじゃない。王族や貴族でさえ、エルフが望まない限り妻にすることなんてできないのよ？」

なんだか悩んでいるのが馬鹿らしくなってくる。

こうなったらエーサクを見習うべきか。

「……わかった。それじゃ、エレーン、ミスミ、ふたりとも、これからもよろしく」


予期せぬ形で始まったエレーンとミスミとの暮らしは、昔から三人でいたかのようだった。問題らしい問題と言えば、エレーンがますます仕事に熱中するようになったことと、食費が少しばかり上がったことくらいだ。

「エレーン、忙しいのはわかるけど、そろそろ仕事は終わりにしたらどうだ？」

「電灯を使えば、あと数時間は働けるんだけど……」

「ブラック労働はダメ。カネマツ商会の会頭としても、エレーンの夫としても、断固として許可しないからな？」

「タダシがそこまで強く言うのは珍しいわね。でも、働けと言うのならわかるけれど、これ以上働くなと言う人なんていないわよ？」

「いいんだよ。それでなくとも稼いでいるんだし、無理に長時間働く必要もないだろ？」

「ボクは、ちゃんと仕事はほどほどにしているから、タダシは心配しなくていい」

「その心配は最初からしていないけどな……」

護衛をしていないときのミスミは、ソファでゴロゴロしながらお菓子を食っている。俺が理想としていた食っちゃ寝生活だ。

とはいえミスミのおかげで、カネマツ商会をよく思っていなかったであろう他の連中も、ちょっかいをかけてこなくなった。

思っていた以上にエルフは怖れられているようだ。俺にとって、ミスミは食いしん坊で面倒くさがりなところのある、可愛い嫁でしかないのだけれど。

「でも、タダシの言うことも本当。エレーンは少し働きすぎ」

「そうかしら？」

「そう。タダシも寂しがっている」

「あら。そうならそうだと言ってくれればいいのに」

「だから、今日はふたり一緒にタダシの相手をする」

「それはいいわね」

「え？　あれ？　なんでそういうことに……？」

戸惑っていると、エレーンが右から、ミスミが左から抱きついてきた。

両腕から伝わってくる幸せな感触に、俺の肉棒は簡単なくらいに反応してしまう。

「もうおっきくなった」

「……最後にしたのは、四日前だったかしら？　たしかに少し間が空いていたわね」

ふたりに腕を引かれ、そのままベッドへと向かった。

三人で並んで座ると、エレーンとミスミが服を脱いでいく。

魅力的な肢体を包む下着は、俺の趣味もあって日本製だ。

薄布越しに透けて見える女性らしい膨らみ。くびれた腰から続く魅力的なおしりの丸み、そしてすらりと長い足。

あちらの世界だったら、俺のことなど歯牙にもかけないような美女と美少女の媚態に、硬くなっていたペニスがさらに張り詰めていく。

「……今日はふたり一緒にするのか？」

「ええ。そのつもりだけれど、エルフは人族より子供がデキにくいの。だから今日はミスミの相手が中心ね。もちろん、私も手伝うわ」

エレーンは楽しげに言うと、ミスミにのしかかるように抱き着く。

「わっ」

エレーンがミスミを押し倒すと、頬に軽くキスをしてから首筋へと舌を這わせていく。

「ん……くすぐったい……」

ミスミが本気なら、エレーンから逃げ出すことは簡単だろう。けれど、そうしないということは期待をしているからだろう。

「くすぐったいだけ？」

エレーンはミスミにそう尋ねながら、鎖骨の形をなぞるように舌を使い、くぼみにキスを落とす。そうしながら、手の平全体を使って乳房を優しく撫で、揉みしだく。

俺がいつもエレーン相手にしていることを、ミスミ相手にトレースしているかのようだ。

「あ、んっ♥　エレーン……んんっ♥　はあ、はあ……んんっ♥」

ミスミは素直に受け入れ、息を弾ませる。

美少女と美女が睦み合っているかのような光景。自分が参加するよりも、このまま眺めていたいと思ってしまう。

ふたりの美女が戯れる姿は、それだけで目の保養だ。

「ねえ、いつまで見ているつもりなのかしら？」

エレーンがこちらを振り返りながら、軽く睨んでくる。

「ごめんごめん。それじゃ……俺も参加させてもらうよ」

すべらかな感触を楽しみ、味わうようにミスミとエレーンの体に手を這わせる。

戯れ合うようにふたりは互いの体を弄りあっていたからだろう。触れた肌は熱を帯びつつあった。

隠すことなくさらされているミスミの股間に、こちらに突き出すような格好となったエレーンのお尻に、同時に手を伸ばす。

「ひゃんッ!?　タダシ……？」

「ふぁあっ!?」

パンツの上からミスミの秘裂にそって指を前後させると、股間部分の色が変わってくるのがわかった。

「あっ、あっ♥　タダシ……んんっ♥」

足を閉じようとするが、エレーンがそれを許さない。それどころか、ミスミの太ももをくすぐるように撫で回している。

「ねえ、ミスミ……もう、してほしいんじゃない？」

耳たぶを甘く噛みながら、エレーンが尋ねる。

「……はあ、はあ……んっ、して。ほしい……」

エレーンの問いかけに答えたミスミが、切なげな眼差しを向けてくる。

「わかった。それじゃ……するな」

パンツを横にずらし、充血してほころんでいる秘唇にペニスを擦り付ける。

「あ……んっ♥　んっ♥　は、あ……タダシぃ……」

半ば無意識にかミスミは挿入をねだるように腰を軽くあげる。

ひくつく膣口に亀頭を宛がい、そのまま肉棒をゆっくりと挿入していく。

「う、んあっ♥　あ、あ、タダシ……熱いの、入ってきて……あ、あっ♥　ん、あ……はぁんんっ♥」

相変わらずのキツい締め付け。熱く濡れた膣襞《ちつひだ》と亀頭が擦れる刺激が、たまらなく気持ちいい。

「はあ、はあ……奥まで、届いて……あ、うくっ♥　あ、はあぁ……」

先端が膣奥に当たるまでしっかりと挿入すると、ミスミがぶるりと腰を震わせる。

「タダシのおちんちん、気持ちいい……」

ミスミが恍惚と呟く。

「タダシ、そのままミスミのこと、気持ちよくしてあげて」

エレーンの言葉に頷き、俺は抽送を始める。

ちゅぷっ、じゅぷっっと、粘つく水音を奏でながら、ペニスがおまんこを出入りする。

「あっ♥　あっ♥　んあっ♥　あ、は……あああっ♥」

ミスミはたちまち甘い声をあげ始めた。

三人でするのは初めてじゃないけれど、それほど回数を重ねたわけじゃない。

普段とは違う状況や、エレーンとふたりがかりに責められ、いつもより感じやすくなっているのかもしれない。

「はあ、はあ……んっ♥　ボクばっかりじゃなくて……エレーンも……ふたり一緒に、気持ちよくしてもらお？」

「ミスミ、いいのか？」

「うん……このままだと、すぐにイっちゃいそうなの。だから……」

ふたりでしているのならこのまま続けるところだけれど……。

エレーンに目を向けると、彼女は潤んだ目を向けてくる。

「タダシ……私にも、してくれる？」

「もちろんだ」

ミスミのおまんこからペニスを引き抜くと、今度はエレーンに挿入する。

「ん、あああぁんっ♥」

ぬるんと、一気に最奥まで繋がる。

「は、あ……いきなり、奥まで……んんっ♥」

「ふふっ、今度はエレーンが気持ちよさそうな顔してる……」

先ほどのお返しとばかりに、ミスミがエレーンの胸に手を伸ばす。

「わ……ボクのよりおっきくて……重たい」

下から支え、持ち上げると、たぷたぷと揺らすように愛撫をする。

「あっ、あ♥　ミスミ……おっぱい、そんなふうにされると……んんっ♥」

「気持ちいい？　でも、これだけじゃ足りないよね？　先のとこ、きゅっとつまんでグリグリってされるの……好き？」

エレーンがさっきしていたのと同じく、それは俺がミスミを相手によくする愛撫のやり方だ。

「んっ、んっ♥　あ……感じる……おっぱい、感じちゃう……んあぁあっ、は……ああん♥」

「タダシにこうされるの好きなの……だから、エレーンも一緒に気持ちよくなろ？」

ミスミに負けず、俺もエレーンを責める。

腰をくすぐり、尻を揉みしだく。深く繋がった状態のまま、亀頭で膣奥をグリグリと刺激する。

「あっ♥　あっ♥　ふたり、一緒になんて……んっ♥　んあぁっ♥　い、いいっ♥　ふぁあ……♥」

よがり、腰をくねらせ、甘く喘ぐ。

「ここからは……ふたり一緒にするな」

軽くエレーンの中を行き来した後、今度はミスミへ。

「ふあっ!?　タダシ、エレーン、まだイってな……んんっ♥」

再びミスミと繋がると、大きく腰をグラインドさせる。

「あーっ♥　あ、あ、あ、あっ♥　イッたばっかりのとこ、擦れてぇ……ああ、ああっ♥　んくううううっ♥」

絶頂の余韻が残り、敏感になっているのだろう。ミスミはあっという間に昂ぶっていく。

「あっ♥　あっ♥　すご……そんな、されたら……また、ボクだけイクっ、イっちゃう……ああ、あっ♥」

体格差か、種族の差か、全体が包まれるような感触のエレーンとは違い、竿の途中と根元をキツく締め付けてくる。

俺とした行為の回数の違い……というわけじゃなさそうだ。

さに奥へと進めていくと、また少し反応が変わる。

「う、あ……ミスミ、そんなに締め付けられると、長くもたない……」

「んっ♥　ん、ふっ♥　そ、そんなこと言われても、ボクも……やろうとしてやっているわけじゃないから……んあっ♥」

「エレーン」

俺は彼女の背中に手を添え、軽く押す。それだけで、何をすればいいのかわかってくれたようだ。

軽くのけぞり、喘いでいるミスミの胸に、自分の胸を押し付ける。

ピンと尖っている乳首を擦り合わせるように、ふたりは小刻みに体を上下させる。それだけでなく、脇やふとももなどの感じやすい場所に手を這わせ撫で合う。

「はあ、はあっ♥　あ、あ、ふ……ミスミ、最初はあまりノリ気じゃなかったのに……んんっ♥　感じてるみたいね」

「エレーンだって、気持ちよさそうな顔になってる」

俺のこと、忘れてない……？　そんなことを思ってしまいそうなくらい、ふたりはお互いを責め合い、昂ぶっていく。

だったら……こうだ！

エレーンに挿入していたペニスを、今度はミスミに。

ミスミのおまんこを何度か突き上げ、再びエレーンの膣内へ。

出して、入れて。突いて、擦って。交互に、そして感じるまま、ふたりの膣に挿入しながら責め立てていく。

ふたりの秘所と肉棒は愛液に塗れ、白く濁った糸を幾筋も引く。

「あっ、あっ♥　あ、すご……これ、すごい……んんっ♥　タダシ、エレーン……ボク、もう……」

「はあ、はあ……♥　んっ♥　私も……もう……んっ♥　いきそ……」

ミスミとエレーンはひっきりなしに喘ぎながら、淫らに体をくねらせ、腰を捩る。

「あっ、あっ♥　あっ、ん、んんっ♥　タダシ、タダシっ」

「ボク、もう……もうっ。イ、イク……あ、ああああっ♥　タダシ、もう……!」

俺も、もう……我慢の限界だった。

「く……で、出るっ」

腰奥からせり上がってくる熱い衝動。今にも弾けそうな快感に必死に耐えながら、俺は決めきれずにいた。

「はっ♥　はっ♥　タダシ、私は……いいのっ。ミスミに、ミスミにしてあげてぇ!!」

俺の迷いを見抜いたかのように、エレーンがそう訴える。

「あ、あっ。ボク、ボクは………」

俺はミスミの膣からペニスを引き抜き、エレーンに挿入する。

「ふあっ!?　ち、ちが……私じゃなくて……んっ、んっ、んっ、んあああっ♥」

一気に激しく腰を使い、エレーンの中を突き、擦り、かき混ぜる。

「あ、あ……ごめん、エレーン。タダシ、ボクに、ちょうだい。いっぱい、出してっ」

「ああ……!!」

エレーンから、再びミスミへ。

肉棒を一気に根元まで突き入れる。

「んくううっ!?」

ミスミがエレーンの背中に手を回し、ぎゅっと強く抱きつく。

「ミスミ……!!」

びゅううううっ。びゅぐっ。どぴゅうううううううっ!!

「あっ♥　あっ♥　んあああああああああああああああああっ♥」

弓なりに反り返りながら、絶頂の嬌声を上げる。

ぎゅうぎゅうと痛いくらいに締め付けてくる膣から、半ば強引にペニスを引き抜くと、それをエレーンのオマンコに挿入する。

「んあっ!?　タ、タダシ……私はいいって……あっ、あっ、くる、くる……あ、あ、きちゃう……んうううううううううううううううっ♥」

ミスミの体を抱き返しながら、エレーンが全身を震わせる。

蠕動しながら、ペニスを根元から扱きあげてくる。エレーンの膣の感触を楽しむように、ゆっくりと肉竿を前後させる。

エレーンとの結合部からは白く泡だった愛液が溢れて糸を引き、ミスミの膣口からは出したばかりの精液がこぷりと溢れて、会陰《えいん》を伝い流れていく。

同時に達したふたりは、抱き合ったままぐったりと脱力し、息を荒げている。

「はあっ、はあっ♥　あ、あっ♥　私は、いいって言ったのにぃ……んっ♥　はあぁ……」

「ん、ふあああぁ……ボク、いっぱい……タダシの、中に出してもらっちゃったぁ……」

ミスミの満足げな呟きを聞きながら、俺はふたりの隣に倒れこむように横たわった。

「こんなふうに、三人一緒にするのって……いいね」

「そうだな……」

ひとりを相手にするよりも体力を使うけれど。

「ねえ、タダシ。今度は、エレーンにたくさん出してあげてほしい」

ミスミはそう言うと、体の位置を入れ変えるようにしてエレーンをベッドに押し倒した。

「え？　ちょ、ちょっと待って――」

結局、ミスミとエレーンに三回ずつ射精するまで終わらなかった。


「エレーン、実家のほうは今回の件、どうするつもりなのか聞いてるか？」

無視できないほどの多額の赤字を出しただけじゃなく、ごろつきを雇って俺を拐《かど》かし、商会そのものを奪おうとしたのだ。

奴隷落ちか死罪か、というくらいに重い罪だが、エレーンの兄ということで多額の賠償金を支払うことを条件に許すことにした。

今頃は商業国家ドンサグにある実家に戻され、一番下っ端の商会員として働かされていることだろう。

「お父様と一番上の兄様は、今回の件で敵対するのはまずいと思ったみたいね。カネマツ商会と良い関係を築こうとしているみたい。もともと私と仲良くしていた兄さんには、いくつかの権利を渡して、仕事を手伝ってもらっているわ。あと、お母様達や姉妹達は、タダシに用意してもらった化粧品を贈ったり、美容に関する情報を教えたら、全員味方になったわ」

「それなら、手を打たなくても大丈夫そうだな」

「ええ。少なくとも数年はカネマツ商会に手を出しては来ないでしょうね。でも……代わりじゃないけれど、他の商会がうるさくなったわね」

「あれ？　まだそんな商会があるのか？」

「辺境伯領じゃなくて、私と結婚したがっていた男のいる商会ね。商売だけでなく、他の方法も使ってちょっかいをかけてきているわね」

「最近、何度かチンピラっぽいのに囲まれたり、絡まれたりしたんだけど……もしかして」

「たぶん、あの商会ね。武器や薬を始め、戦争なんかに絡んで大きくなったところなの。だから、武力に自信があるのだと思うけれど……」

「クニカ商会への対応を知って、俺達を甘く見ているのかもな。もしそうなら、今後もちょっかいをかけてくるヤツが出てきそうだな」

「たしかに、いざとなったらお金で解決できると思われた可能性があるわね」

「あまり気乗りしないけれど、次に手を出してきたところを、見せしめになるような形で痛い目に遭わせるか？」

「それは商売で？　それとも暴力で？」

「手っ取り早くボクが潰してこようか？」

「気持ちは嬉しいけれど、ミスミにそういうことをさせたくない。やるなら自分の手でやるよ」

相手が暴力を使ってくるのならば、こちらも実力行使をするまでだ。

「ミスミ、もしものときはタダシを守って。私の代わりをできる人間はいるけれど、彼の代わりいないもの」

「俺にとってはエレーンもミスミも代えがたい存在だからな？　とはいえ、いつも三人一緒に行動するってわけにはいかないしな……」

「それなら護衛を増やす？　前から何人か、タダシのところへ来たがっている人がいるよ」

「それってエルフってことだよな？　そもそも依頼できるのか？」

「大丈夫。エーサクと同じ国の人間とその妻の護衛だから。ついでに、カネマツ商会と取引もできる」

「え……？　エルフと交易って……そんなこと、できるの？」

話を聞いていたエレーンが、その顔を驚きに染める。

「完全に断絶しているわけじゃないんだろ？　そんなに驚くようなことなのか？」

「エルフは人族とはあまり友好的じゃないわ。それに、技術的には向こうのほうが圧倒的に上なのよ」

「ああ……なるほど」

百年や二百年単位で技術を磨いているような相手に、普通の人間は太刀打ちできないか。

「大丈夫。タダシの『等価交換』で用意できる物には、エルフも欲しがる物がたくさんある。それに、交渉するときはボクが間に立てば問題ない」

「そこまでしてもらってもいいか？」

聞いている限り、エルフの相手は面倒が多そうなんだけれど……。

「任せてほしい。それに、タダシはボクの旦那さま。みんなにも自慢しておきたい」

「……俺が相手で自慢できるか？」

「日本の美味しい食べ物をいっぱい用意できる。十分」

「あ、うん。そうか」

エルフって、全員がミスミ並の食いしん坊集団なんだろうか？

なんにしろ、エレーンの安全を担保できるのならば日本の食い物なんて、いくらでも用意しよう。

「ミスミ、すまないけれど頼む」

俺の言葉に、ミスミは笑顔で頷いた。


ミスミとそんな話をしてから、半月ほどが経過した。その間にも、小さな嫌がらせは続いていた。

……そろそろ本気でどうにかするか？　そう考えていたところ、タイミングよく護衛の依頼を受けてくれたエルフ達がやってきた。

総勢18名。それぞれエーサクの影響もあって、なかなかに個性的な面々だが、実力は本物で、全員がミスミ以上に強いとのことだ。

クッド王国と戦争が始まっても、どうにかできそうじゃない？　などと考えてしまうくらいの過剰戦力だ。

安全が確保されただけでなく、エルフとの交易も始まり、エレーンはさっそく忙しく働いている。今までの鬱憤を晴らすかのように、やる気に充ち満ちているし、すごく楽しそうだ。今は邪魔をせず、好きにさせておくことにした。

そして俺は、ミスミを誘って『市場調査』に出ることになった。

ミスミとふたりきりで過ごすという目的もあるが、エルフの用意した商品の価値などについて知るためでもある。

「エルフ達に喜んでもらえて良かったよ」

「エーサクの影響。みんな、今も彼のことを忘れていないから」

「……そうか。でも、俺がエーサクと同じ日本出身ってだけじゃ、これほど好意的に接してもらえなかっただろ？　エルフに護衛を依頼できたのも、商売が順調なのも、ミスミのおかげだ。ありがとう」

「気にしなくていい。でも感謝してくれるのなら、言葉だけでなく形で表してほしい」

「わかった。何が食いたい？　なんでもいいぞ」

「むー」

ミスミは軽く頬を膨らませて、ジト目を向けてくる。

「たしかにボクは食べるのが好きだけど、今回はタダシのためにしたこと。だから、欲しいのは食べ物じゃない」

「食べ物以外だと……何がいいんだ？」

ミスミとはそれなりに一緒に過ごしているが、彼女が他に欲しがりそうなものが思い当たらない。

「簡単なこと。妻として、ボクをたくさん愛して」

「……わかった。それじゃ、家に戻るか？」

こちらの世界には、ラブホのようなものはない。せいぜい、宿を借りてその部屋でするくらいだ。

「タダシ、一緒に来て」

ミスミは俺の手を引いて、街の外へと向かって歩きだす。

「なあ、ミスミ。まさか、また……前のところか？」

「ううん。違う。今日はもう少し森の深いとこへ行く。前のとこだと、他のエルフに気付かれるかもしれない」

「気付かれるとまずいのか？」

「知られるのは、さすがに恥ずかしい。それに、ボク以外のエルフの妻が増えるよ？」

「……よし。少し奥へ行こう」

ミスミとしっかりと手を繋いで、街道から少し外れた森っぽいところへ入っていく。

「……この辺りなら、平気」

前に外でしたところよりも緑が濃い。

「虫とか小動物とか……あと、魔物とかいたりしないのか？」

「魔法で結界を敷いた。大丈夫」

エルフの魔法、便利すぎないか？

「なあ、その結界って青姦のために使うようなものなのか？」

「普通は魔法や弓を防ぐために使う。よほどの相手でなければ剣や槍も通らない」

「そ、そうか」

ガチで戦闘に使うような魔法のようだ。

「安心した？」

「あ、ああ。うん。安心だな」

少しばかりやり過ぎの感はあるけれど、せっかくミスミが状況を整えてくれたのだ。

「ええと、それじゃ……」

俺はミスミを抱き寄せ、人とは違う長い耳に口を寄せる。

「いつもありがとう。愛してるぞ、ミスミ」

「……っ」

軽く息を呑み、ぶるっと全身を震わせる。

「ふいうちはずるい。それに……そういう言葉は、目を見て言ってほしい」

「改めてしようとすると、気恥ずかしいんだけど……」

「ここにいるのは、ボク達だけ。タダシが何を言っても、どんなことをしても、ふたりだけの秘密」

そこまで言われたら、やるしかない。

ミスミとまっすぐに見つめ合う。

普段の言動が少し残念だけれど、間近で見てもすごい美形だよな。

「ミスミ、愛してる」

「ん。ボクもタダシのこと愛してる」

気持ちを伝え合う。俺達は自然に顔を寄せ、唇を重ねた。

「ん……♥」

唇の柔らかさを感じながら、舌と舌を重ね、擦り合わせ、絡ませる。

「んっ、んふっ、ちゅ……ん、はっ、あ、はぁむ……ちゅ、んっ、んっ♥」

ただ触れ合わせるだけでなく、唇で唇を挟んだり、擦り合わせる。

「ん、はあ……♥」

息を継ぐように顔を離すと、熱を帯びた吐息がこぼれる。

「ミスミって、キスするのが好きみたいだな」

「……うん、そうかも」

そう言いながら、再びキスをしてくる。

今度は舌先を、俺の唇に沿《そ》って這わせてくる。お返しとばかりに、同じようにミスミの唇を舐めると、彼女が誘うように口を軽く開けた。

ぬるりと舌を差し入れると、積極的に絡めてくる。

「ん、ちゅむ、ぴちゅ……れろ、ちゅぴ、ちゅむ、んっ♥ んっ♥」

だんだんと息が乱れ、艶を帯びてくる。

「ちゅ、はむっ、んっ♥ んふっ♥ んっ、んっ、はむ、ちゅ……。んっ、ぴちゃ、ぴちゅ……んんっ♥」

キスをしながら、脇腹をくすぐるように撫であげ、乳房へと手を這わせていく。

エレーンほどでなくとも、十分に豊かな乳房の膨らみを手の平で撫でていく。だが、布地越しでは、その魅力も半減だ。

胸元に手をかけ、彼女の着ている服をはだけていく。

さらに脱がそうとする手を、ミスミがそっと押さえてきた。

「ボクも……タダシのこと、脱がせる」

そう言って、ズボンのベルトを緩め、ファスナーを下ろし——。

「って、いきなり下半身なのかよっ」

「え？　おちんちん出さないとエッチできないよ？」

「いや、その通りだけど……」

「だったらいいよね？」

以前よりもさらに磨きのかかったテクニックを駆使し、手の平で亀頭全治を包むようにして擦りあげ、裏筋を撫で、カリ首を扱いてくる。

このままだと、あっという間に射精させられてしまう。

「ま、待った。ミスミ、待って」

「……どうしたの？」

「こうしてるのはお礼をするためだって言っただろ？　だから……ここからは俺にさせてほしい」

「わかった。それじゃ、タダシにお任せする」

「それじゃ……樹に背中を預けるように立って、軽く足を広げてもらえるか？」

「ん。こう……？」

「良い感じだ。そのまま動かないで」

俺はミスミの前に跪《ひざまづ》き、股間へと顔を寄せていく。

「え？　え？　タダシ、何するつもり？」

ミスミが戸惑い、慌てたように問う。

クンニという行為はエーサクも教えていなかった？　いや、ありえないな。たぶん、ミスミが知らないだけだろう。

下着を引き下ろし、露わになった秘裂へとキスをする。

「ふぁあっ!?」

可愛らしい悲鳴を上げ、腰を引こうとする。だが、後ろは樹だ。逃げることはできない。

たっぷりと唾液を乗せた舌を伸ばすと、割れ目にそって舐めあげる。

「んあ……♥　あ、あ、あ……こんなの知らない……あっ、あっ♥　んああっ♥」

舌全体を押し付けるようにして陰唇を舐め広げ、露わになった膣口を舌先で突くように刺激する。

「あ、あっ♥　ぬるぬるって……動いて……んんっ♥　ぞくぞくってなる……んあっ♥　あ、ああ……♥」

とろとろと滲んでくる愛液を、割れ目全体に塗り広げるように舌を上下させる。

「んっ♥　んっ♥　んく、あ、は……♥　んんんっ♥」

ミスミの口から甘く蕩けた声が漏れる。

愛撫の手を緩めず、さらにクリトリスに舌を這わせ、唇で挟んで包皮を剥くと、ちゅうっと音を立てて吸い上げた。

「ああああっ♥　は、ああんっ♥　それだめ……んんっ♥　気持ちよすぎて、立ってられなくなる……あ、あっ♥」

足に力が入らなくなったのか、樹に寄りかかったまままずり下がっていく。

初めてだと刺激が強すぎたみたいだ。

本当は、もっと続けたいところだけれど……それは、また次の機会にしよう。

ミスミの膝裏に腕を差し入れて彼女をぐっと抱き上げ、痛いくらいに硬くそりかえっているペニスを股間に宛がう。

そのままぐっと腰を突き出す。

膣口を押し広げ、ペニスが膣内に入るのに合わせ、愛液が溢れて糸を引いて滴っていく。

「ふあっ♥　あ、ん…………♥　タダシの、入って……きてる……ボクの中、タダシのでいっぱいになってる……」

うっとりと目を細め、満足げに呟く。

「……ミスミ、動くよ」

囁くように耳元で告げると、ミスミが小さく頷く。

複数の男達を相手に危なげなく戦えるほど強いとは思えないほど細い腰を抱き寄せると、腰の前後を始める。

最初は、入り口付近を擦るように浅く出し入れする。

ミスミのオマンコが十分に潤っているのを感じながら、少しずつ深く、より速く腰を使っていく。

「んっ、あ……は………んっ♥ んっ♥ は、あ……タダシ……」

おっぱいが零れ出て、硬くなった乳首が俺の胸と擦れる。それが気持ちいいのか、ミスミは自ら強く押し付けてくると体を上下させる。

「はっ、あっ、あっ♥ おっぱいも、おまんこも、擦れて、熱くなって……んっ♥ 気持ち、いいよ……は、あっ♥ んああっ♥」

膣内での射精をねだるように、ミスミが俺の腰に足を絡めてくる。体が密着し、よりいっそう繋がりが深くなる。

ざらついているヘソ側の粘膜と亀頭が擦れ、今まで以上の熱を生み出す。

「あ、は……♥ んっ、んッ♥ ね……タダシ、キスして……？」

ミスミは俺の首に腕を絡めてくると、目を閉じて軽く顎を上げる。

求められるままにキスをする。

「タダシ……ん、ちゅ、んちゅ……ちゅ、はぁむ、んっ、んっ……ちゅ、れろっ、んれるっ」

お互いの口元が唾液でぬるぬるになるのにかまわず、舌を重ね、擦りつけ合い、絡め合う。

肉竿を締め付けながら、膣道が蠕動する。

「ふぁっ♥　あっ♥　あっ♥　タダシ、タダシ……んっ♥　あ、ああっ♥　も、も……ボク、ボク……だめぇ……♥」

普段のミスミからは想像もできない声音で限界を訴える。

「俺も、そろそろ……！」

「んんっ♥　また言って……んっ♥　イクとき、さっきみたいなこと言って……！」

「はあ、はあっ……ミスミ、好きだ……くっ！　ミスミ、愛してる……！」

笹穂のような耳を唇ではむはむと甘噛みしながら、恥ずかしい告白を繰り返す。

「好き……好きっ。ボクも、大好きっ。タダシ、タダシ……愛してる……あ、ああっ♥」

「く……！　ミスミ、俺……出るっ！」

「んあっ♥　あ、あっ♥　タダシ……いきそ……ボク、もう……いくっ、あ、あっ♥」

腰奥から熱いものがせり上がってくるのを感じる。

「んっ、うぁっ。いいよ……タダシの、全部……ボクの中に、ちょうだいっ」

ミスミも不自由な体勢ながら腰をくねらせる。

「ミスミ……出るっ!!」

びゅるっるるるっ！　びゅーーーっ！　びゅぐっ、どぴゅうるうっ。びゅぐううっ！

「ふあっ!?　んくっ、んああああああああああああああああああっ!!」

ミスミが腰を跳ねあげ、びくんびくんと全身を波打たせる。

「あっ、あっ、タダシ……ん、ふああああ………」

膣奥で射精を受け止めると、ミスミはその美貌を快感に蕩けさせ、甘い吐息をこぼす。

絶頂の余韻が引くまでの間、彼女の体をしっかりと抱きしめたまま過ごした。


気付けば、日が傾き始めていた。

ミスミのほうも直後はさすがに息を乱していたけれど、今はけろっとしている。さすがの体力だ。

「思ったより時間が経っちゃったな」

「……タダシが三回もするから」

「それは……ごめん」

「やっぱり、タダシもエーサクと同じ。エッチ大好き」

「う……そう言われると、否定しにくいな」

「あと三人くらいエルフを娶《めと》る？」

「遠慮しておくよ。エレーンとミスミ以外と結婚するつもりはないから」

「わかった。でも気が変わったら教えて。タダシの妻になりたがっている子はたくさんいるから」

本気で言って……るんだろうな。

エーサクの影響か、重婚というかハーレムに抵抗はなさそうだし。

とはいえ、さすがにもう増えることはないだろう……ないはず……ないよな？

ミスミと家に戻ると、血相を変えてエレーンが駆け寄ってきた。

「タダシ……これ！」

嫌な予感を覚えながら、手渡されたものを開いた。

「……なあ、エレーン。これ、辺境伯様からの招待状っぽいんだけど……」

「やっぱりそうなのね……」

「これは、断れないよな？」

「辺境伯様は俺達を帝国に受け入れてくれた恩人だし、その後も色々と便宜を図ってもらっているから……」

「招待を受けるしかないか」

「大丈夫。辺境伯家の方々は、平民が相手であってもちゃんと話を聞いてくださるわ。だから、そんなにおかしなことは言ってこないはず」

「それは良い情報ではあるけれど……偉い人間に会うのは気が重いな」

「タダシの能力やエルフとの付き合いを考えれば、どこへ行っても最終的には貴族に関わることになるでしょうね。本当の意味で自由に生きたいのなら、国や高位貴族を相手にできる程度の力が必要だわ」

財力で権力を抑えることができるレベル……政商ってやつかな？

まあ、それくらいの立場は必要かもしれない。

「後は、国に対抗できるだけの武力――」

エレーンは話をしながら何かに気付いたのか、言葉を途中で切ると俺を見つめてきた。

「ねえ、タダシ。あなたのスキルって、武器も用意できるわよね？　もしかして、貴族――いえ、国と揉めても、どうにかできるんじゃないの？」

「そうだな。ある程度以上の金が必要だけど、クッド王国くらいなら滅ぼせるんじゃないか？」

その気になれば、たぶん核兵器でさえ『等価交換』可能だろうし。

俺にスキルを与えたのが神様なら、どうしてこんなものまで？　とは思う。もっとも、絶対に使うつもりはないけど。

「クッド王国を滅ぼせるって……本当に？」

「その代わり、その土地に人が住めるようになるまで、何千か、何万年かの時間が必要にはなると思うけれど」

「……そ、それは……」

「さすがに、エルフでもそれほど長くは生きていられない」

「……辺境伯様に無茶を言われるようなら他国へ行きましょう。だから、国を滅ぼす武器を使ったらだめよ？」

「最初から使うつもりはないよ。でも、本当に辺境伯領を出ることになってもいいのか？」

「ええ、かまわないわ。タダシと一緒なら、どこでも楽しく商売ができるもの」

「行き先が決まってないなら、エルフの国に来る？」

ミスミがそう提案してくれる。

「それは魅力的な提案だな」

エルフ達と一緒にいるなら手を出されることもないだろう。

とはいえ。

「エレーンの知り合いだし、辺境伯様もいきなり俺を殺したりはしないだろ？　まずは、会って話をしてみよう」

「そうね。ミスミも一緒だし、何かあっても対処できるものね」

「ボクのことを信じてほしい。まだまだ見たことも聞いたこともない甘味や料理がたくさんあるはず。何があっても、タダシのことを守るから」

「ああ、うん。ものすごく心強いよ」

俺の身に何かあったら、ミスミだけでなく他のエルフ達も辺境伯家に乗り込みそうだ。

この領の安全のためにも、辺境伯家がおかしなことを考えていないことを祈るしかない。

第三章　新たな出会いと妻達と

辺境伯の屋敷の一室に案内されてから、一時間以上が経過した。

貴族が相手だと、こうして待たされるのが当たり前なのか、エレーンは慣れた様子でゆったりとお茶を飲んでいる。

護衛として一緒に来ているミスミはといえば……いつもと変わらない。今も俺が『等価交換』で用意したケーキを美味しそうに食べている。

ふたりの余裕が羨ましい。少しでいいから分けてもらいたい。そんな気持ちが漏れ出ていたようだ。

「タダシ、落ちついたらどうなの？」

「そう言われてもな。偉い人と会うのに慣れていないんだよ」

「エーサクも最初は身分や制度の違いに苦労したと言っていた。日本には貴族がいないそうだから、不慣れなのはしかたない」

勇者として活躍していたエーサクもそうだったのか。会ったことはないけれど、親近感が湧いてきた。

「大丈夫よ。ちゃんと礼儀作法も練習をしたじゃない」

「そうなんだけどな……」

「ん。問題ない。何かあったらボクがどうにかするから」

「そのどうにかっていうのは武力行使じゃないだろうな？」

「それ以外に何かあるの？」

何を当たり前のことをという顔で聞き返してくる。

「……絶対に失敗できないじゃないか。ますます緊張してきた」

軽口めいたやり取りをしていると、やっと迎えがやってきた。

「準備が整いましたので、ご案内いたします」

緊張と気疲れからぐったりしたまま訪れた部屋で待っていたのは、辺境伯本人ではなく、エレーンよりも少し年下に見える、目を惹く美女だった。

他には後ろに控えている護衛らしき女性がふたり、執事っぽいのがひとり、侍女がふたり。人数もそうだけれど、周りにいる人間の態度や、彼女の服装や身に着けているアクセサリーなどを見る限り、辺境伯の奥さんか娘ってところだろうか？

横目でエレーンを見ると、わずかにだがその表情に驚きの色を滲ませている。どうやら彼女にとっても予想していなかった事態のようだ。

「……タダシ」

俺にだけ聞こえるような小声でエレーンが名前を呼ぶ。この場合は、代表である俺が挨拶の言葉を口にするんだっけ？　手順を思い出しながら、覚えたての礼を取る。

「お初にお目にかかります。私はカネマツ商会の会頭、タダシ・カネマツでございます。隣にいるのが副会頭であり妻のエレーン。そして護衛のミスミ。彼女も私の妻です」

妻がふたりいることについて何か反応があるかと思ったが、特に驚いた様子もなかった。

やはり、こっちの世界だと珍しくもないようだ。

「今日はよく来てくれました。わたくしは、パーチェ・エフティ・モニック。特別にパーチェと呼ぶことを許しますわ」

「かしこまりました。では、今後はパーチェ様とお名前で呼ばせていただきます」

そう答えると、隣にいたエレーンはわずかに顔を強ばらせた。

どうやら、何かミスをしてしまったようだ。だが、パーチェ嬢は気にしていないか、見逃してくれるようだ。そのことにほっと胸を撫で下ろす。

「久しぶりね。エレーン」

パーチェ嬢は俺に対するものよりも、やや親しげな笑みをエレーンに向ける。面識があるだけでなく、友好的な関係のようだ。

「お久し振りでございます。ですが、まさかパーチェ様おひとりとは思わず、驚いております」

「ふふっ。カネマツ商会の話を聞かせてもらいたくて、お父様にお願いしましたの」

「城下を騒がせ、大変申し訳ございません」

「事情は聞いています。困ったことがあったら、いつでも相談に来なさい」

「お気遣いいただき、ありがとう存じます」

恩を売るというつもりがないわけじゃないだろう。だが、本当にエレーンを思いやっている気持ちが伝わってくる。

正直に言って、貴族ってもっとアレな感じだと思っていたけれど、彼女はどうやら違うようだ。

「離れていては話もしにくいわ。そこへ座りなさい」

パーチェ嬢がソファに座り、対面の席を勧めてくる。

こういうときの礼儀作法は聞いてないが……まあ、今更か。

「では、失礼いたします」

薦められるままにソファに腰をかけた後、確かめるように侍女さんを見ると軽く眉をしかめていた。

どうやら、礼儀作法として失敗だったようだ。

「エレーン。今日……いえ、タダシに対して細かなことを言うつもりはありませんわ」

エレーンはパーチェ嬢の言葉にほっと胸を撫で下ろすと、一礼をしてから俺の隣に腰を下ろした。

ミスミは無言のまま俺を挟んで反対側に腰かける。

彼女のことを不快げに見ていた侍女さん達も、かぶっていたフードを取って耳を見せると、全員が軽く目をみはり、視線をそっと逸らした。

パーチェ様も苦笑するだけで何も言わない。エルフがアンタッチャブルな存在だというのがよくわかる……が、礼儀は必要だ。

「ミスミ」

ちょんちょんと肘で軽くつつく。

「ボクはミスミ。よろしく」

ぺこりと頭を下げる。

「ふふっ、おふたりはとても仲が良いようですわね」

ミスミの態度に怒るどころか、パーチェ嬢はくすりと微笑う。

「パーチェ様」

斜め後ろに控えている侍女っぽい人が、窘《たしな》めるように名前を呼ぶ。

「わかっていますわ。あまり時間もありませんし……しかたありませんわね」

頬に手を添えて小さく溜め息を吐くと、本題に入った。

「今日は、カネマツ商会に相談したいことがあって来てもらいましたの」

「はい。どのようなことでしょうか？」

「エレーンが夜会で着ているようなドレスや、身に着けているアクセサリーはカネマツ商会——いえ、タダシにしか用意できないものですわね？」

確かめるように聞いているが、相手は貴族だ。情報収集もしているだろう。俺は正直に答えることにした。

「その通りでございます」

「では、あなたに依頼すれば、アクセサリーだけでなく、エレーンと同じような服を用意できるのかしら？」

返事をする前にエレーンと相談したいところだが、そんなことを許してはもらえないだろう。ここはもう、勢いで行くしかない。

「可能でございます」

「そう……今から帝都で行われる舞踏会に間に合わせるようにと言っても？」

さて、困った。帝都の舞踏会とやらがいつなのかわからない。ハッタリや嘘は後で自分の首を絞めるだけだ。ここは正直に尋ねるとしよう。

「帝都の舞踏会がいつ開催されるのかを、お教えいただけますでしょうか？」

横目で見ると、エレーンが驚いた顔をしている。

なるほど。知っていて当然な話のようだ。そしてそのことを証明するかのように、パーチェ嬢の侍女さんが軽く俺を睨んでくる。

「商人がその程度のことも知らないとは……お嬢様、このような者と話す意味はございません」

「まだ何も聞いていませんわ。それに、つまらない嘘を吐くような者達より、よほど良いではありませんか」

……なんか色々と見透かされたような気がする。

相手は年下だが、高位貴族の娘だ。元は三流商社の下っ端営業でしかなかった俺なんかよりも、ずっと対人技能に優れているのだろう。

「舞踏会は、三十日後に帝都で行われますわ」

「……帝都で三十日後にですか」

日本人の感覚的には、まだ先のことのように感じる。だが、ちょっと待ってほしい。辺境伯領から帝都までは、馬車を使って三週間程度はかかったはず。つまり、ドレスを十日で用意しろと？

こちらの世界では用意するのに数ヶ月から、下手をすると年単位の時間をかけていたはず。既存のものを手直しするだけにしても、日程的にかなり厳しい。

「帝都までの移動を考えますと、時間がほとんどございませんが……」

「移動だけなら、飛竜を使えば十日もあればどうにかできます。それに、あなたが辺境伯領に来るときに使用した乗り物ならば、帝都まで五、六日で行けるのではなくて？」

馬車で移動するときは、馬や人間が休む必要もあって、実際には一日に6〜7時間程度、平均速度15〜20キロくらいだったたか？

日に１００キロ前後として、帝都までは２５００キロくらいか？

直線距離じゃないにしても、メチャクチャ遠くないか？　東京、大阪間でも６００キロないんだぞ？

とはいえ、馬車が走れるような街道があるのならば、路面状況や、途中で宿泊する場所やタイミングにもよるけれど、車なら一日に４００〜５００キロくらいは無理なく移動できそうだ。

そうなれば、たしかにパーチェ嬢の言う日数で帝都まで辿りつけると思うが、どうして俺がこの世界にない移動手段を持っていることや、大まかな性能を知っているんだ？

クッド王国から辺境伯領へ来たときも、車は途中で『等価交換』で金貨に戻した、その後は使っていない。エレーンが彼女に話したとも思えない。

高位貴族の情報収集能力は予想以上に高く、範囲も広いのかもしれない。こちらの情報については丸裸も同然と考えて話をしたほうが良さそうだ。

「つまり、カネマツ商会へのご依頼は、舞踏会に必要な衣類とアクセサリー、そして帝都までの移動を含めたものと考えてよろしいでしょうか？」

「ええ、その通りですわ。できるかしら？」

「望まれれば応えるのが商人でございます。パーチェ様のご信頼を裏切ることのないよう、全力を尽くしましょう」

「ふっ、ふふっ、ふふふっ。すごいですわ。本気で間に合わせるつもりなのね」

こちらの世界は、時間については緩いところがあるが、相手は貴族だ。口に出した以上、成し遂げなければ、どんな罰があるかわからない。

もっとも勝算がなければ受けたりしないけれど。

「お嬢様、商人の用意した乗り物など、辺境伯家の家格に相応しくございません。それに、飛竜よりも速い乗り物など、あるはずがございません」

「誰が用意したものかではなく、何が可能かで考えなさい。それに、タダシはできると言いましたわ。エレーン、彼の言葉を信じても良いのでしょう？」

エレーンはちらりと俺を見て、しかたないというような笑みを浮かべた。

もしかしなくても、辺境伯家に俺が目を付けられないように、これまではうまく誤魔化してくれていたのだろう。

「はい。タダシ以外に……いえ、タダシにしかできないと思っております」

「わかりました。では、カネマツ商会に全てを任せます」

「ありがとう存じます。さっそくでございますが、今からドレスについてのご相談をさせていただきたいのですが、御時間はよろしいでしょうか？」

「異国の商人が、お嬢様の都合も考えずに何を――」

「黙りなさい」

さすがに失礼が過ぎたか、侍女さんが声を荒げる。しかし、パーチェ嬢は一言で黙らせた。

「無理を言っているのはこちらですわ。時間については都合をつけるのも当然でしょう。わたくしとタダシ達の分のお茶の用意をしなさい」

メイドさんがお茶を持ってくる。トレーに一緒に載っているのは、こちらの世界のお菓子だろうか？　貴族への不敬で毒殺、なんてことはないよな？

こっそりと『等価交換』をかけて確認をしてみたが大丈夫そうだ。

「毒が入っているかもしれませんわよ？」

俺の内心の葛藤を見抜いていたのか、パーチェ嬢はそう言っていたずらっぽく笑う。

「そのようなことは考えてもいませんでした」

「ふふっ、そういうことにしておきましょう。それで、どうです？　カネマツ商会で売っているものを、可能な限り再現させてみたのですけれど」

「どれもとても美味しいです。材料さえそろえば、ウチの物よりも良いものになるかと思います」

おせじでなく事実だ。

ウチの商会のは、一部の材料は『等価交換』したものだが、あとはこちらの世界の物で揃え、手作業で作らせている。

調理を任せている皆もがんばってくれているが、技術でいえば辺境伯家の料理人に遠く及ばない。

「では、その材料を売ってほしいと言ったらどうかしら？」

「もちろん、適正価格でお譲りいたします」

「明日までに用意してほしいと言っても？」

「はい。商人が好機を逃すはずもございません」

「では、お願いしますわ。ですが、カネマツ商会の仕入れ先は全て確かめたはずですが、販売している量に比べ、買い入れている材料が少なすぎるようですわね。どのようにしているのかしら？」

パーチェ嬢は優雅にお茶を口に運びながら、楽しげに、そして試すような視線を向けてくる。

本当に、こちらの情報が丸裸じゃねーか！　貴族、おっかねぇ！　と叫びたくなるのを必死に我慢する。

「お嬢様、お戯れはそのくらいに」

侍女さんが助け船を出してくれる。

助かった……って、これも飴と鞭の効果を狙ってやっていたりしないよな？

「本当はもう少し他愛のない話を楽しみたいところですけれど、舞踏会のことが優先ですものね」

ぜんぜん、他愛のない話じゃないんだが……。とりあえず、どうやって誤魔化すかは、店に戻った後にエレーンと相談だな。

「ドレスについて、まずはパーチェ様のご希望をお伺いしたく存じます。帝都で流行しているドレスか、カネマツ商会のみが扱っているデザインのものか、どちらのほうがよろしいでしょうか？」

「カネマツ商会のものは、エレーンが身に着けている服と同じ、見たこともない素材で出来ているものなのかしら？」

さすが貴族。よく見ている。今のエレーンの服も、『等価交換』で入手した日本の服を、こちらの世界に合わせて縫い直したりして、調整してある品だ。

「はい。そうなります。ご希望のデザインに合わせて相応しい布地をご用意いたします。まずは、参考にするためにカタログ——ドレスの絵姿を集めたものがありますので、ここに取り出してもよろしいでしょうか？」

「取り出す？　どこからって……まさか、空間庫のスキル持ちですの!?」

予想外だったのか、さすがに驚いている。

彼女や周りの人間の態度を見ると、どうやらここには、鑑定系や、真偽を判定するようなスキル持ちはいないようだ。

「似たようなことができる別のスキルとお考えください」

「……いいわ。許可します」

「お嬢様、なりませんっ!!」

侍女さんでなく、護衛らしき女性が俺からパーチェ嬢をかばうような位置に立ち、剣に手をかけ、いつでも抜けるようにしている。

ドアの近くに立っていたのに、ほんの一瞬で移動してきたとしか思えない。

もし、本をいきなり取り出すような真似をしたら、さくっと殺されていたかもしれない。

「わたくしが許可をしたのです。下がりなさい。それと、家の者の無礼を謝罪いたしますので、剣を引いていただけますかしら？」

パーチェ嬢の視線を追うと、さっきまで隣に座っていたはずのミスミが護衛の後ろに立ち、その首筋に剣を突きつけていた。

いつの間に動いたんだ……？

ミスミの実力を目の当たりにしたからか、侍女さんや護衛達の顔は真っ青だ。

「タダシ、どうする？」

「守ってくれてありがとう、ミスミ。でも、今のは俺が常識知らずなことを言ったせいだろうから、彼女のことを解放してもらっていいかな？」

「わかった。でも、タダシに危害を加えるつもりなら、この場にいる全員、命がないものと思っておいて」

気負いもなく淡々とした口調で言う。最初の頃はわからなかったけれど、今はミスミの表情の変化もわかるようになった。

どうやら、今のミスミは少し怒っているようだ。

「ええ、タダシに危害を加えることはないと、辺境伯家の名において約束いたしますわ」

パーチェ嬢は落ちついた態度を崩さない。さすが高位貴族のご令嬢というべきか。

「それでは、失礼してカタログの用意をさせていただきます」

そう断って、俺は『等価交換』を使ってドレスのカタログを手に入れ、パーチェ嬢の前に置いた。

「これは……？」

こちらの世界には写真がない。そこにいきなりフルカラーの冊子を見せられたのだ。驚きも大きいだろう。

「これは……このように薄いのに、つるりとした手触り。羊皮紙とはまったく違いますわね。どのような素材で作られているのかしら？」

ドレスのデザインよりも先に紙の質のほうが気になったようだ。しかし今はそのこと触れるつもりはない。

エレーンもわかっているのか、パーチェ嬢とデザインについての話を始める。

「こちらがカネマツ商会でご用意できるドレスとなります。パーチェ様のお好みのものを選んでいただければと思います」

「まさか……この本にあるものならば、舞踏会までにどれであっても用意できると？」

「できます」

「……想像していた以上ですわね」

「サイズの調整だけでなく、リボンやレースの追加などのアレンジも可能でございます。帝都で流行しているレースとは違いますが、こちらなどを――」

打ち合わせをしつつ、どうしてこんなにギリギリになってウチに依頼をしてきたのかパーチェ嬢に尋ねた。

最初から隠すつもりもなかったようで、事情を説明してくれたのだが——。

辺境伯領は、敵国や魔物との争いの最前線だ。

昔ほどではなくとも、常に死の危険と隣り合わせの領地だ。治めるためには、長くに渡り領民達を守ってきた実績が必要だ。

だが、現辺境伯は愛妻家であり伴侶はひとりのみ。それもあって子供はパーチェ嬢しかいない。

辺境伯を継ぎ、次代につなげるのは貴族としての義務だ。

それは彼女も重々承知だったが、辺境伯は自分が貴族としては例外的に恋愛結婚をしたため、娘にも相手を選ぶ自由を与えた。

年頃となったパーチェ嬢は夫となる相手を探すため、帝都で行われる舞踏会へ参加した。しかし、そこで中央貴族の洗礼を受けた。

ファッションや髪型を始め、田舎者とバカにされたそうだ。

話を聞く限りだと実際には、パーチェ嬢の美しさに嫉妬したか、男性の注目を集めたことに対して令嬢達の一部が不満を抱いてそう言ったんじゃないか？

世界が変わっても女の争いの恐ろしさは変わらないのかと、げんなりした気分になる。

本当のところはわからないが、そのことで心に傷を負ったパーチェ嬢は、その後は個人的な付き合いのあるごく少数の友人とのお茶会はするが、公式の場には顔を出していないそうだ。

だが、さすがに年齢的にも結婚しないわけにはいかない。それもあって、今回の舞踏会には出ざるを得ないらしい。

とはいえ、辺境伯の愛娘である彼女が舞踏会に参加するというのに、こんなギリギリになってもドレスがないなんてあり得ない。

「お話を聞かせていただいた限りでは、帝都で流行している最新のドレスのほうがよろしいのではありませんか？　そちらもすぐにご用意できますが……」

『等価交換』を使えば、すぐに用意することできる。

「……田舎者が無理をして流行を追っていると言われるだけですわ」

「たしかに、そうなる可能性は否定できませんね」

最新であっても、最高級の物であっても、きっと難癖をつけられる。そのくらいのことは、パーチェ嬢もわかっているのだろう。

「ですので、商業国家ドンサグやクッド王国だけでなく、帝国を知るエレーンならば、誰にも文句を言わせないドレスを用意できると思いましたの」

話を聞いて、どうにかしてあげたいと思っている。俺だけでなく、エレーンも同じように感じているようだ。

それに、彼女の夫は将来の辺境伯だ。これからもこの地で商売を続けるのなら、ちゃんとした相手を捕まえてもらいたい。

「タダシ、かまわないかしら？」

「ああ。カネマツ商会の本気を見せてやろう」

「本気、ですの……？」

「これから私達の用意する物について、そしてすることについて秘密を守っていただけますでしょうか？」

「すべて任せると言いましたわ」

覚悟を決めた目だ。

彼女が向かう先は舞踏会。辺境伯領を背負っての戦いの場だ。

「服装やアクセサリーの用意だけでなく、カネマツ商会はパーチェ様の美貌をさらに磨くための道具をご用意できます」

「そのようなことが……？」

「お嬢様、商人の常套句です。そのような軽口を信じてはいけません」

侍女さんがパーチェ嬢を心底心配しているのが伝わってくる。

「ご満足いただけなかったら、一銅貨たりともいただきません……と言っても信じてはもらえないでしょう」

「残念ながら、信じるのは難しいでしょうね。都合の良い言葉を並べるだけならば、誰にでもできますもの」

「エレーン、髪を見せてもらっていいかな？」

「ええ、わかったわ」

後ろ向きになった彼女の髪を、お嬢様に示す。エレーンは動きやすいように髪を短くしているが、それでも輝くような艶があるのはわかるだろう。

「みなさんも、エレーンの髪に触れてみてください」

まずは護衛の女性が安全を確かめた後、侍女さんが、そしてパーチェ嬢がエレーンの髪に触れる。

「どのようにしたら、これほど……」

侍女さんが半ば絶句している。

彼女達は、自分達が最上で最良の方法でパーチェ嬢の世話をしている自負があるはず。だからこそ、その違いがわかるだろう。

「前から気にはなっていたのですけれど、こうして触れてみると……違いがはっきりとわかりますわね」

パーチェ嬢もうっとりとした顔でエレーンの髪を撫でている。

「エレーンは普段から私の用意した洗髪剤などを使っております」

「肌もですの？」

ぷにぷにとエレーンの頬を撫でる。

「とてもすべらかで瑞々しい手触りですわ」

「あ、あの……パーチェ様……」

さすがに貴族の令嬢を突き放すわけにもいかないのか、エレーンは困った顔でされるがままだ。

「わたくしが望めば、エレーンと同じようになる品を用意してもらえますの？」

「はい。ですが、いきなりパーチェ様に使っていただくのは不安もあるかと思います。どなたか、試しても良いという方を選んでいただけませんか？」

「わ、私が試しますっ」

壁際に控えていた、一番若い侍女さんが声をあげる。

「パーチェ様。この場で彼女に洗髪剤などを試してもらってもよろしいでしょうか？」

「え、ええ、そうですわね。目の前で見れば、あなたの言葉が本当かどうか確かめることもできますわ。お願いできるかしら」

「かしこまりました。では、道具を取りださせていただきます」

『等価交換』したシャンプーやリンス、トリートメント。そして充電式のドライヤーなどをエレーンに手渡していく。

あとは化粧水と乳液かな。こっちはすぐに効果を実感できるかはあやしいが。

「エレーン。頼めるかな」

やや大きめの洗面器を出し、その中を適温のお湯で満たす。

「ええ、任せておいてちょうだい」

希望した侍女さんの髪の汚れを落とし、トリートメントをした上でドライヤーを使って髪を乾かしながら整える。

丁寧に洗顔をしてもらった後、化粧水と乳液を肌に塗り込み……と作業をしていると、部屋にいる女性陣の視線が怖いくらいに真剣になる。

「こちらでいかがでしょう？　触れて、お確かめください」

「……ほ、本当に、こんな……」

パーチェ嬢だけでなく、他の侍女さん達も驚きを隠せないようだ。

「いかがでしょう？　少しは信じていただけましたでしょうか？」

「え、ええ……すばらしいわ」

「これを日に一度、行っていただきます。パーチェ様は今も十分にお美しいですが、さらに輝きを増すことになるでしょう」

「では、こちらも頼めるかしら」

「かしこまりました」

「それと、タダシの言葉が事実ならば、髪や肌以外にもできることがあるのでしょう？　そちらもお願いできますの？」

「はい。もちろんです。詳しくはエレーンからご説明させていただきます」

唇や爪などの手入れ。化粧。他にもいくつかを、最初に希望した侍女さんを実験台として実演していく。実験台に志願した侍女さんは元より綺麗めのタイプだったが、わずかな時間で五割増しくらい美人になっている。

「あの……変わりすぎて、自分じゃないみたいです」

侍女さんは半ば呆然とした顔で呟いている。そして、そんな彼女を笑う人間は誰もいない。

「タダシ、この洗髪剤や化粧品などの商品を、今後、カネマツ商会で扱う予定はありますの？」

「ご用意できる量に限界がございます。ですが、パーチェ様とパーチェ様にご紹介いただいた方にならば、お売りいたしましょう」

「……それは、ずいぶんと高くつきそうな話ですわね」

「いえ、こちらはクニカ商会との件で城下を騒がせたことを、不問にしていただきましたお礼とお考えください。それに、中央にいる人間に辺境伯領の女性の美しさを知っていただく良い機会かと存じます」

「ふふっ、舞踏会が楽しくなりそうね」

パーチェ嬢は俺の目論見にすぐに気付いたようだ。

彼女の美貌もそうだが、カネマツ商会の美容品や化粧品はパーチェ嬢の紹介がなければ絶対に入手できないのだ。

誰に、どれくらい、いくらで売るか。世界で唯一、完全に独占販売できる権利を有する存在となれば、社交の場においても圧倒的に優位に立てるだろう。

さらには、より美しくなった彼女を男達は放っておかないはず。辺境伯家のため、ひいてはカネマツ商会のためにも、良い結婚相手を見つけてもらおう。

舞踏会も無事に終わり、『流行遅れの服装に身を包んだ、世間知らずの田舎令嬢』と蔑まれたパーチェ嬢の評価は一変したそうだ。

依頼を達成し、パーチェ嬢も『結婚相手を決めた』とのことで、俺達は辺境伯領へと戻って来た。

溜まっていた商会の仕事も片付き、やっと日常を取り戻したのだが……まるでタイミングを見計らったように、パーチェ嬢に招待をされた。

「今回のこと、とても感謝していますわ」

「いえ。全て辺境伯様のご威光と、多大なるご協力の賜物《たまもの》で――」

「そのような、つまらない追従はやめなさい。それに、私と話すときはできるだけ普段の口調のままでと言ったこと、忘れたのですか？」

「しかし……」

舞踏会の準備や帝都への移動期間は、かなりの時間を共に過ごしていた。

礼を失するようなことはしてないが、上位貴族の令嬢に対しては少しばかり砕けた態度で接しすぎたかもしれない。もっとも質実剛健な辺境伯家の令嬢であるパーチェ嬢は気にするどころか、それを喜んでいたのだけれど。

「パーチェがそう言ってるんだし、いいんじゃない？」

さすがミスミ、まったくぶれない。

「では、できるだけそうさせてもらいます」

「そうね。すぐに変えるのは難しいでしょうし、今はそれでいいですわ」

満足げに微笑する彼女に、どきっとしてしまう。

「では、本題に入りましょう。タダシ、あなたはかつてこの世界を救った勇者エーサクと同じ『日本』という異世界の人間なのでしょう？」

「……っ」

俺は思わず息を呑んだ。

「以前、クッド王国から送られてきた手配書ですわ」

パーチェ嬢は俺とあまり似ていない似顔絵と共に、いくつかの特徴が書かれている羊皮紙を目の前で広げた。

「……私とは似ていませんし、黒目でも黒髪でもありませんが……」

「それはタダシがカミゾメとカラーコンタクトというものを使っているからでしょう？」

髪染めはともかく、カラーコンタクトという名称はエレーンにも言っていない。

「……なんで、その名前をご存じなんですか？」

「言っていませんでしたが、わたくしもスキルを持っていますの」

「スキル、ですか？」

「勇者と同じ国の出身なら『物品鑑定』と言えばわかるのではないかしら？　もっとも、全ての物を鑑定できるわけではありませんけれど」

完全にバレてる。どうやっても言い逃れできそうにない……か。

俺は小さく溜め息をついて、パーチェ嬢の問いかけに答える。

「パーチェ様にはかないませんね。おっしゃる通り、私は日本からこちらの世界に召還された異世界人です。それで、私をどうするおつもりですか？」

尋ねながら、今後どうするかを考える。

帝国での生活は悪くなかったのだけれど、しかたない。またどこか他の国に逃げるか。

ミスミに誘われているし、エレーンさえかまわないのなら、エルフの国に行くのもいいかもしれない。

「まさか、辺境伯領――いえ、帝国から逃げ出すつもりかしら？　そのようなこと考えていませんわよね？」

「どうしてそう思うのでしょう？」

「わたくしがあなたと同じ立場だったのなら、そうするからですわ。それに、タダシは感情を素直に面《おもて》に出しすぎです。それでは良い商人になれませんわよ？」

くすくすと楽しげに笑いながら指摘してくる。

なるほど。日本にいた頃も営業成績がいまいちだったのは、それも原因の一つだったかもしれない。

「ですが、逃げる必要などありませんわ。今後も辺境伯領で自由に商いをしてもらうため、当家はタダシのために力を尽くす用意があります」

「……それが本当ならば、とても魅力的な提案ですね」

そんなことが可能なのか？

王国ほどは腐っていないとはいえ、帝国だって安全とは言えないはず。いくら辺境伯が上から数えたほうが早いような高位貴族だとしても、王族などに命じられたら逆らうのは難しいだろう。

「わたくしの言葉を信じていませんわね？」

「条件が良すぎると思いませんか？　それに、パーチェ様だけならばともかく、帝国を信じることはできません」

「そう考えるのも当然でしょう。ですので、辺境伯家が本気であなたを守ることを証明いたしますわ」

「証明、ですか？」

「ええ。わたくしをあなたの妻にしてください」

「…………へ？」

思考が空転し、固まっている俺を見て、断られると思ったのか、パーチェ嬢は少し慌てたように尋ねてくる。

「わたくしが相手では不満ですの？　辺境伯家の娘と婚姻関係になれば、商会にとっても大きなメリットがあるはずです。それで足りないというのなら――」

「あ、いえ、不満があるわけでも、条件が不足しているわけでもありません。あまりのことに驚いていただけです」

「だったら、申し出を受けてもらえますわよね？」

頬を赤らめ、俺の態度をうかがうような上目遣いに尋ねてくる。

どう答えるのが正解だ？　持ち帰ってエレーンやミスミと相談したいところだが、それを許してもらえる状況ではないだろう。

ここは――嘘偽りなく答えるしかない。それでダメだったら、帝国から逃げよう。

「ご提案はとても光栄ではございますが、私は平民で身分が釣り合いませんし、すでに妻がふたりおります」

「知っていますわ」

「どこの馬の骨かもわからない男などより、パーチェ様に相応しい方が――」

「いませんわ」

「帝都から戻る前に、パーチェ様は結婚相手が見つかったと話していましたよね？」

「違いますわ。決めたと言ったはずです」

思い返すと、たしかにそう言っていた。けれど、その相手が俺だなんて思わないだろう⁉

「勇者エーサクと同じ世界から来たあなた以上に、おもし……興味深い相手などいませんわ」

今、おもしろいと言いかけたよな？

お嬢様を止めてくれという気持ちを込め、パーチェ嬢の後ろに控えている執事や侍女、護衛に目を向ける。だが、全員が生温かい視線を向けてくる。

ならばと身内に助けを求めるが、エレーンはやっぱりというような顔をしているし、ミスミは美味しそうに茶菓子を口にしている。

あれ？　もしかして味方がいない……？

「貴族と結婚するにしても、タダシが勇者と同じ国の出身というだけでも十分ですわ。それでも不足だと思うのならば、帝国での身分を手に入れる方法もいくらでもありますわよ？」

パーチェ嬢の自信ありげな態度を見るに、本当に方法がありそうだ。

「辺境伯家は騎士への叙爵《じょしゃく》の権限を有していますわ。お父様にお願いすれば、すぐにでもタダシを貴族にできますわ」

この国の貴族制度は、王族を頂点に、公爵、侯爵、辺境伯、伯爵、子爵、男爵、騎士爵だ。辺境伯は侯爵とほぼ同等の扱いのはず。

「騎士爵は似非貴族と言われる一代限りの爵位のはずです。辺境伯様のご息女とは釣り合いませんよね？」

「たしかに、ただの騎士爵が相手では夫に迎えるのは難しいでしょう」

「でしたら――」

「王族や高位貴族に、カネマツ商会の商品を売る量を増やしましょう。そうすれば法服男爵に陞爵《しょうしゃく》されるのも難しくありませんわ」

俺の言葉を遮るようにパーチェ嬢が言う。

法服貴族は、たしか土地を持たない貴族だったはず。領地が無いのなら普通の男爵とは違って少しは手に入れやすいのかもしれないけれど、無茶が過ぎる。

「辺境伯様にお話しください。いくらなんでも私のような人間を、パーチェ様の夫にするなど許されるはずが――」

「許す」

低く渋い声と共に割って入ってきたのは、鍛えあげられた堂々たる体躯の壮年の男性だった。

「モニック閣下……？」

予想もしていなかった人の登場に、エレーンは目を丸くしているが、ミスミは気にした様子もない。もしかして、最初から隠れて聞いていたのか!?

「私が許可をする。安心してパーチェを娶るがいい」

パーチェ嬢の隣に腰を下ろすと、辺境伯様はそう言って口の端をあげた。

このままではなし崩しに決められてしまう。ここは不敬を承知で、きっぱりと断るしかない。

「モニック閣下、発言をお許しいただけますでしょうか？」

「そのようなことを聞く必要はない。タダシは義息子《むすこ》となるのだ。これからは家族として気楽に話をするがいい」

そんなこと言われたからといって『マジでいいの？　んじゃ、これからよろしく』みたいにできるわけがない。

「お気遣い、ありがとう存じます。ですが、お待ちください。私はこの国どころか、別の世界の人間です。パーチェ様には相応しくございません」

「さっきからそればかりですわ。タダシはやっぱり、わたくしが相手では不満ですの？」

ぷくりと頬を膨らませ、半眼で睨みつけてくる。

いつもは令嬢らしく振る舞っている彼女が見せた年相応の可愛らしい仕草だ。

今すぐ彼女と結婚してもいいかもしれないと気持ちが揺らいでしまうので、そういうのはやめてもらいたい。

「評価していただけるのは身に余る光栄ですが、結婚の許可は過分に過ぎます。パーチェ様の将来に関わりますので、ご再考ください」

「普通の貴族の子息ならば、喜んで食いついてくるのだが……だからこそ、らしいとも言えるな」

独り言のように呟くと、モニック閣下がまっすぐに俺を見る。

「タダシ、少しばかり昔話をするとしようか」

「昔話ですか……？」

唐突に話題が変わったことに戸惑いながら尋ね返す。

「今でこそ我が領は栄えて人も多く行き交っているが、争いの絶えない複数の国と接し、魔物が多く徘徊している危険な土地だったのだ」

それは、モニック辺境伯家の成り立ちだった。

モニック家は中央での権力争いに負け、この地へと追いやられたそうだ。

ろくに開拓も進んでおらず、隣国に攻め滅ぼされるか、魔物の領域に呑みこまれるかというような絶望的な状況だったという。

「そのときに、希少なスキルを持った女性達と共に訪れたのが勇者エーサクだ」

「……勇者エーサクが？」

「元はクッド王国と地続きだった平野に、深く広い川を引いて国境としたのだ。その上で、多数いた魔物を排し、森を開拓して農地を作った。本来ならば百年以上はかかるようなことを、勇者エーサクとその妻達がわずか一年ほどで行ったそうだ」

けだ。


「それは……すごいですね」

あの川を人間が作ったのか？　重機もないこの世界で？　一体、どうやったんだ？

まったくわからないが、エーサクにはそんな常識外れなことをできるだけの力があったというわけだ。

なるほど。どうりでクッド王国が召還で『勇者』を求めるわけだ。

「当時のモニック家当主は、受けた大恩をどのように返せば良いのか、勇者エーサクに尋ねたそうだ。そのときの彼の返事が『いつか自分と同じように日本から来た人間がいたら助けてやってほしい』という答えだったと伝わっている」

さすが勇者エーサクだ。良いことを言う。ミスミたちエルフと同じということか。

「そして、できるならば、辺境伯家で迎え入れてやってほしいと」

「それは、生活の面倒を見るとか、そういうことでは？」

「エーサクはモニック家初代様の長女を妻として娶っている。だから、彼の望みは同じように婚姻だろうと伝えられているぞ？」

「勇者エーサク、あいかわらず何てことをしてくれちゃってるんだよ……」

頭を抱えたくなる。

「タダシが日本人だとわかってから、すぐにお父様に相談をして、結婚の許可を得ましたの」

「そういうことだ。勇者と同じ日本人であることをのぞいても、パーチェが自分から夫にしたいと言った男はタダシだけだ。可愛い娘の望みだ。叶えてやりたくてな」

家族想いの良い父親だと思う。俺が関わっていないのならば。

「くくく。それにしても、パーチェがこれほど情熱的に迫っているというのに、必死に断るとは思わなかったぞ」

「ですが、権力や財力目当てではないということは、はっきりしましたでしょう？」

「そうだな。それと、私の自慢の娘にあまり興味がないことも」

「だ、大丈夫ですわ。タダシには、これからわたくしのことをもっと知ってもらいますものっ」

俺に向けてパーチェ嬢が極上とも言えるような笑みを向ける。それは、とても美しく……背筋がぞくりとするような迫力があった。

綺麗に逃げ道を塞がれ、追い詰められている。しかも、彼女にならそうされてもいいか、と思わされた上で、だ。

パーチェ嬢と一緒に過ごした時間は短い。舞踏会の準備と帝都への行き来の間だけだ。それでも、十分に人《ひと》となりを知ることはできたし、それを好ましく感じていたことは否定しない。見た目も好みの範疇だ。

「そういうわけだ。タダシ、我が娘のことを頼む」

「よろしくお願いしますわね。旦那さま」

父娘の言葉に、俺はただ深く頷くしかなかった。

「……すごいわね、タダシ。あっという間に辺境伯爵よ」

「爵位を継承するのはパーチェ様だろ？　本当に結婚することになっても、俺はただの入り婿だよ
……とはいえ、まさかこんなことになるなんてな」

辺境伯様に用意してもらった部屋で、ベッドにごろりと横になって嘆息する。

「あら、不満があるのかしら？」

そう尋ねながら、エレーンがベッドに腰をかける。

「不満はないよ。ただ、完全に手の平の上というか、良いようにされたというか……」

「相手は高位貴族なのよ？　それくらいのことはするし、できなければ家を残していけないわよ？」

慰めてくれているのか、エレーンが俺の頭を優しく撫でてくれる。

「貴族って怖いな」

「あら、そのようなことでは困りますわ」

「パーチェ様？　なぜ、ここに？」

「むぅ……」

なぜかいきなり不満げな顔をしている。

「……わたくしとの結婚を本気で受け入れたわけではないでしょう？　ですので、タダシと子作りをするためですわ！」

高位貴族の令嬢が、夜這いして既成事実を作りにきたって……。

「パーチェ様。辺境伯家の令嬢として、いささか問題があるのでは？」

「パーチェと呼ぶことを許しますわ。それと、私的な場ではエレーンやミスミを相手しているときのように話してほしいとお願いしたこと、忘れてしまったのかしら？」

もとの世界なら十近くも年下の女の子だ。呼び捨てにすることに抵抗もないが、こちらでは立場が違う。

とはいえ、彼女がそう望むのなら、そうすべきだろう。

「あ、ああ。わかりました……じゃない、わかったよ、パーチェ」

「え、ええ。今後もそう呼ぶようにしなさい」

むふーっと満足げな笑みを浮かべる。

「それで、子作りのためにやって来たって……本気なのか？」

「もちろん本気ですわ！」

……これはもう、諦めて受け入れるしかないか。

「邪魔になりますし、私は失礼いたします」

そう言って、エレーンが部屋を出ていこうとする。だが、それを引き留めたのは俺でなく、パーチェだった。

「ま、待ちなさい。エレーンも一緒に……お願いしますわ」

見られながらするのが良いとか、パーチェは特殊な性癖があったりするのだろうか？

「私もですか？」

「ええ。妻同士ですし、その……わ、わたくし、どのようにしたらいいのか、よくわからないので、教えてほしいですわ……」

　顔が真っ赤になっている。

　ちょっと変わった性癖があるわけじゃなかったことに、ほっとした。

「パーチェ様。私も一緒で本当によろしいのですか？」

「もちろんですわ。それと、わたくしもエレーンやミスミと共にタダシを一緒に支えていく妻なのですから、かしこまらずに話してほしいですわ」

「ありがとうございます。いきなりは難しいので、少しずつ変えさせていただきますね」

　なるほど。そうやって対応すべきだったのか……なんて、感心している場合じゃない。

　初体験から３Ｐでいいのか？

　確かめるようにエレーンに視線を向けると、彼女は小さく頷いた。

　帝国の風習か、貴族の慣例か、パーチェ嬢の暴走というのが一番可能性が高いそうだけれど、三人ですることは問題ないらしい。

「そういうことだから……ごめんなさいね、タダシ」

　そう言いながら、俺の両手をしっかりと掴んでベッドへ押しつけてくる。

　本気なら振り払うことも簡単だが、逆らわないほうがいい状況だということくらいはわかる。

「エレーン、本気で謝ってないっていうか……楽しんでるだろ？」

「ええ、楽しいわ。タダシは違うの？」

「違う……とは言えないけれど、高位貴族の初夜って、こんな感じでいいのか？　それに、純血って重要じゃないのか？」

　エレーンだけでなく、パーチェも何を今更という顔をする。

「もちろん、重要なことですわ。それに、タダシは純潔を捧げた女を捨てて、黙って帝国を出て行ったりしないでしょう？」

「そういうとこは貴族っぽいんだな」

「打算がないとは言いませんわ。でも、わたくしも一緒に連れていってくれるのなら、帝国を捨ててもかまいませんわよ？」

「本気で言ってるのか？」

「ええ。そうでなくては、わたくしの気持ちが伝わらないでしょう？　タダシはそういうところが鈍そうですもの」

「それは否定できないな……。後悔しないんだな？」

「しませんわ」

　まっすぐな眼差しを受け止め、パーチェの頬に手を添えると顔を寄せる。

「んっ……ふ……」

　一度ではなく、二度三度と触れるだけのキスを繰り返す。キスをする文化だということもあって、少し恥ずかしがっているだけで、慣れているようだ。

　だが、ここからは未体験だろう。

　唇だけでなく、頬に、首筋にキスを落としながら、パーチェの身に着けている服の前を開く。

今更だけれど、身に着けているのは日本製の下着だった。

……事前にエレーンに相談済みだったんだろうな。

騙されたとは思わない。それだけの準備をして、俺の元へとやってきてくれた気持ちが嬉しい。

パーチェの乳房はまるみを帯び、薄桜色の乳首がつんと上向いている。

「そんなにじっと見られると……少し、恥ずかしいですわ」

羞恥と、初めてのことへの不安と緊張もあってか、パーチェが顔を強ばらせる。そんな彼女を気遣ってか、エレーンが落ちつかせるように手を握り、優しく声をかける。

「パーチェ様、大きく息を吸って、吐いて……体の力を抜いてください。後はタダシに任せれば大丈夫ですから」

「え、ええ……わかったわ」

エレーンのおかげで、少しは肩の力が抜けたみたいだな。

「パーチェ、続けるよ」

彼女に心の準備を促すようにそう言うと、ぷっくりとした乳首にキスをする。

「んっ♥」

刺激に耐えるように目を閉じ、唇を引き結ぶ。

初々しい反応を可愛らしく思いながら、乳輪をなぞるように舌を這わせ、同時にもう片方の乳房を優しく撫で、揉んでいく。

「ん、ん、ふ……は、あ……あ、あの……タダシ、これは子作りに必要なことですの？」

「ええ、もちろんです」

戸惑い気味に尋ねてくるパーチェに力強く答えると、俺はさらにパーチェの胸への愛撫を続ける。

薄桜色の乳輪は充血して盛り上げあり、乳首はすっかりと硬く勃起している。

「あ、あの……タダシ、いつまでこうしているんでしょう？」

顔を真っ赤にしてパーチェが尋ねてくる。

「俺を受け入れる準備ができるまで、ですかね」

「受け入れる準備ですか……？」

「パーチェ様、ここ……おまんこに、タダシのペニスを挿入するときに濡れていないと痛みが強く……あ」

エレーンがパーチェの腰から太ももを伝い、股間へと手を這わせると小さく驚きの声を上げる。

エレーンが優しく指を前後させるたび、くちゅくちゅと濡れた音が聞こえてくる。

「んっ♥　あ、あ、あっ♥　エ、エレーン、そこはそのように触れるところでは……あ、んんっ♥」

「……これなら準備は不用ですね」

エレーンが俺に目を向ける。

「パーチェ、いいか？」

「え、ええ」

さすがに緊張しているようだ。

安心させるように瞼《まぶた》に、鼻先に、頬に、唇に、やさしくキスをしていく。

パーチェをベッドに横たえ、秘裂にペニスを宛がい、一気に挿入した。

「あ、くぅ……！」

痛みに耐えるように目を固く閉じているパーチェが、可憐な唇から苦しげな声を漏らす。

ややキツい膣はざらつき、うねっている。エレーンの包み込まれるような感じとも、ミスミの痛いくらいの締め付けとも違う。

「パーチェ、大丈夫……じゃないよな。無理するようなことじゃない。ここでやめておこうか？」

「はあ、はあ……♥　いえ、続けてください……たしかに、聞いていたよりも……う、くっ……痛みは、ありますわ。でも、これくらいでしたら大丈夫ですわ」

その言葉に嘘はないのか、少しずつ落ちついてきたようだ。

「ん……くっ、エレーン……初めてのときは、皆、同じように痛みを感じますの？」

「私も、タダシと初めてしたときは痛みがありました。ですが、それも不慣れなうちだけです。慣れれば、その……気持ち、良さのほうが大きくなりますから」

「そう、ですのね……」

エレーンの言うことだから信じてはいるだろうけれど、今すぐ痛みが消えるわけではない。

「あの、パーチェ様。最初なので、ご自身のペースでしましょう。そのほうが痛みも少なく済むはずです」

「どのようにすればいいんですの？」

「タダシ、パーチェ様が動きやすいように体勢を変えてもらえる？」

「わかった」

対面座位よりも騎乗位のほうが女性側が自由に動けるだろう。

パーチェの腰に腕を回し、ゆっくりと体を起こし、さらに俺は仰向けに横たわった。

「こんな格好でしますの？」

まったく知識にない体位なのだろう。パーチェは羞恥に顔を赤くする。

「ですが、その体勢ならばパーチェ様も動きやすいはずです。まずは、繋がったままの状態のまま、少しだけ腰を前後させてみてください」

「こ、こうですの……？」

自分で考える余裕もないのか、エレーンに言われるままにパーチェが腰を使い始める。

確かめるように小さな前後をくり返し、少しずつ動きを大きくしていく。

「ん……ん……ふ、は……ふあっ!? は、あ……んくっ！ ううぅん……ふっ、ふっ……はあ、はあ……ん、ん……は、ん……」

「痛みはどうですか？」

「たしかにこの格好は良いようですわね。痛みがなくなったわけではありませんけれど、楽になりましたわ。それに……」

パーチェが言葉を探すように視線を揺らす。

「ふふっ、言わなくてもわかります。感じているのは……痛みだけではないんですね？」

「え、ええ……体の中で擦れるたびに……体が熱くなって……んっ、あ……羽根で肌を撫でられていくような感じがして……んっ、んっ」

「他にも、熱くなったり、体が震えたり、頭がふわふわするような……そんな感じはありませんか？」

「ん、ふう……♥　はあ、はあ……え、ええ。こうして、動いていると……あふっ♥　は、あ……んんっ♥」

自分のペースで、感じる場所を探るように腰を使う。

「ふあっ♥　あ……ここ……この場所が擦れると……んっ♥　体、熱くなって……わたくし、おかしくなってしまいそう……はっ、はっ、ああ……♥」

性的な刺激に不慣れ……いや、ほとんど経験がないのだろう。パーチェ自分の身に起こっていることを上手く受け止められないようだ。

「パーチェ様。大丈夫ですよ。愛する相手に抱かれれば、女はそうなってしまう……いえ、そうなるは当然のことです」

「はあ、はあ……。そう、なんですの……？　でしたら、タダシ……わたくしのこと、もっとおかしくなるくらい、愛して……」

そんなことを言われた男がどうなるか、パーチェはわかっていないのだろう。

肉竿がさらに硬度を高め、大きさを増し、反り返る。

「んあっ!?　中で、動きましたわ……んっ♥　は、あ…………ううんっ♥」

「……では、私はパーチェ様とふたり分、タダシを愛しますね」

くすりと笑うと、エレーンが俺に寄り添うように横になり、胸を撫でてくる。

たっぷりと唾液に濡れた舌が乳首を這う。

上下に、左右に転がすようにしていたかと思うと、ふいをつくようにちゅっと音を立てて吸い付いてくる。

心地良いその快感に身を任せていたから、いつの間にか腰の動きが鈍くなっていた。

だがパーチェはそのことに気付いていないかのように、無心に腰を使い甘い声を漏らしている。

「んっ♥　んっ♥　は、あ……んっ♥　あ、あ、いい……気持ち、いいですわ……は、あ……♥」

「パーチェはここをされると気持ちいいみたいだな」

先ほどからずっと同じような動きで、同じ場所が擦れるように腰を使っていた。

意識して、そこを責めていく。

「んっ♥　んっ♥　あ……タダシ、そこばかり、されたら……気持ち、良すぎて……あ、あっ♥　だめ、だめ……あ、ああっ♥　ああっ♥」

ぺたんと腰を下ろしたまま、パーチェは動かない。

「はあ、はあ……足に、力、入らなくて……これ以上、続けられませんわ……」

「では、後はタダシと私に任せてください」

エレーンはそう言うと、俺の胸への愛撫を止め、パーチェを優しく抱きよせる。

「あ……エレーン……」

「タダシ、私がパーチェ様を支えるから、動いてあげて」

「わかった」

頷くと、俺はさきほどよりも激しく、深く、エレーンを責めたてていく。

降りてきている子宮口を押し上げ、グリグリと
「んあっ♥　あっ♥　あっ♥　は、あ……♥　はげし……んっ♥　もう、やめ……タダシ、やめ……んっ♥　だめですわっ。わたくし、わたくし……おかしくなるっ、なってしまいますぅ♥」

強烈すぎる刺激から逃れようとしているのか、パーチェは力の入らない足を震わせる。

だが俺はそれを許さず、細い腰をしっかりと掴み、さらに激しくおまんこを突き上げる。

「ひっ、あっ♥　あああっ、あーっ♥　あ、あっ♥　なにか……くる……ゆるして……ゆるしてください……お願い、これいじょうは……んあっ♥　わたくしが、わたくしでなくなってしまいそう……あああっ♥」

「大丈夫ですよ、パーチェ様。それが達するということです。そのまま……全てを受け入れてください」

「こ、こんな……あっ♥　受け入れるなんて……あ、あっ♥　もう、何も考えられな……はっ、あっ♥　あーっ♥　あひっ、あ、あ、あ、あっ♥　ああっ♥」

パーチェの声が切羽詰まったものへと変わってきているのを感じる。

「パーチェ、そろそろ……出るっ」

天を仰ぐように顎を上げ、胸を突き出すように背を弓なりに逸らす。

「あ、あ、あ、あ………ん、ひあああああぁぁぁぁあああああぁぁああぁぁぁあっ!!」

悲鳴のような喘ぎ声を上げ、パーチェが達する。

糸の切れた人形のように脱力すると、そのままベッドに倒れこんだ。

「あ♥　はっ、はふっ……んっ、あ……あああぁ…………♥」

慌てて彼女を抱き起こすと、瞳は焦点を失い、口元はだらしなく緩みきっていた。


初体験を済ませたことで、パーチェとの距離は以前よりもさらに近くなった。俺だけでなく、エレーンやミスミに対してもそうだ。

それもあって、俺達は仕事が終わると自然と集まって過ごすようになった。

「タダシ、日本で結婚をするときはどのようにしますの？」

「普通は一夫一妻なんだけれど……」

「聞いているのはそういうことではありませんわ」

「だろうね。口で説明するよりも、見てもらったほうがわかりやすいかな」

俺が異世界——日本人だと完全にバレているのだ。それに、妻になるパーチェに隠し事をしてもしかたがない。

大型のテレビとDVDのデッキ、それと電源ケーブルと発電機を取り出す。

ひとりでやるにはちょっと面倒だが、他の人間に知られるわけにはいかない。エレーンとミスミにも手伝ってもらって発電機を外へ置き、そこから電源ケーブルを引いてくる。

「……何をしていますの？」

「すぐにわかるよ」

「タダシ、もしかして、それはエーサクの言っていた『てれび』ってやつ？」

「正解。といっても、テレビ番組は見られないけどな」

準備ができたところで、三人と共にテレビの前に座ると結婚式の映像を再生する。

「な、な、なんですの、これは!?」

パーチェが令嬢らしからぬ驚きの声をあげる。もちろん、初めて見たエレーンやミスミも目を見開いて硬直している。

「目で見た光景を保存しておいて、いつでも見られるようにしている道具だよ。こういう魔法やスキルはないの？」

「聞いたことがありませんわ……」

「私もありません」

「ボク達もテレビの中に入ることができるんだっけ？」

「ちょっと違うけど、映すことはできるぞ？」

ビデオカメラを『等価交換』して、三人の姿を撮影した後、それをテレビに映し出す。

「わ、わたくしがいますわ！」

「うわ、ボクがもうひとりいるー」

「日本にはこんなものまであるのね……」

三者三様に楽しんでいるようだ。

「……っと、脱線したけれど、結婚式はこんな感じだね。ウェディングドレス……この白いドレスを着て、神様と親族の前で愛を誓うんだよ」

「とっても素敵ですわ」

「あの大きなケーキをナイフで切るの、ボクもやってみたーい」

「結婚式を商会で執り行えば……いいえ、教会からの横槍が入るわね。だったら、最初から協力して……」

パーチェはドレス姿の花嫁をうっとりと見つめ、ミスミはケーキに入刀する様子に目をキラキラさせている。エレーンは副会頭の顔で色々と考え始めたようだ。

「エレーン。結婚式が広まるまでの間は、ウェディングドレスを貸し出しにするって方法もあるぞ。一日だけなら、かなり安く借りられるようにしたら――」

「あのドレス、貸し出せるくらいの数を用意できるのっ⁉」

「あ、ああ。できるよ」

日本では、たまに恐ろしいほど安くセールをしていたりしていた。それでなくとも『等価交換』で中古のドレスを探せば、安く買えるはず。

「とりあえずサイズやデザイン別に揃えるとして、全体で1000着くらいあればいいかな？」

「さすがタダシだわ！」

エレーンが跳び上がって喜ぶ。

「タダシ、キスはわかるのですけれど、指輪をお互いにはめているのは、どのような意味がありますの？」

パーチェが不思議そうに尋ねてくる。どうやら、これはエーサクからも伝わっていないようだ。

「意味はどうだったかな……ただ、夫婦になった証として、同じデザインの指輪を左手の薬指につけるんだよ」

「とっても素敵ですわね。ぜひ、わたくし達の結婚式で、指輪の交換も広めましょう」

どうやら結婚式も指輪の交換もすることは確定のようだ。

「三人の分はスキルで用意するけど、基本的にはこちらの世界で作るようにしたほうがいいだろうな」

「そうね。すべてをカネマツ商会だけではこなせないし、今ある別の商会や職人達の仕事を奪うことになりかねないもの」

「タダシ、王家と公爵や侯爵家など、特別な相手の分だけは注文を受けてもらえるかしら？」

「もちろん。パーチェが必要だと判断したら、相談してほしい」

「あとは教会をどうするかですわね」

「神の前での結婚式という形にして、それを独占的に執り行うようにすれば、教会にとっても大きな利益を生み出すはずですわ」

「ええ。ここでしっかりと恩に着せて、タダシに手出ししないようにさせましょう」

「ついでに、ケーキとか美味しい食べ物が広がるといいよねー」

若くて可愛い女の子達が、きゃいきゃいと楽しげに話をしている。

見ているだけで楽しく、癒やされる光景なんだが……内容については、今は目を閉じ、耳を塞いでおくことにした。


高位貴族と、凄腕の商人が本気になると、どうなるか？

あれからわずか３ヶ月ほどで、俺達の結婚式が執り行われることになった。

「高位の貴族が結婚をするときって、準備にもっと時間をかけるんじゃないのか？」

「タダシ……いえ、旦那様の協力がなければ、そうなっていたのではないかしら？」

パーチェやエレーンの働きかけもあって、辺境伯家のみならず、王族や貴族、領内の多数の商会や教会を巻きこんで準備が進んだ。

もちろん、ただ式を挙げれば良いというものではない。平民の俺と高位貴族のパーチェが、何事もなく結婚できるほど、身分の差というものは小さくない。

ということで、まずは俺の立場を確かなものにするということで、辺境伯から、婿入りの準備として騎士爵を賜った。

その後、車を使ってすぐに帝都へ。そこで法服男爵へと陞爵するはずが、なぜか一足飛びで法服子爵となった。

宮殿内の政治的な駆け引きがあったようだが、知りたくないし、関わりたくない。

胃の痛くなる思いをしながら法服子爵に。そして、さらに十日もしないうちに辺境伯のひとり娘であるパーチェとの婚姻を、正式に、そして大々的に公表した。

パーチェ嬢を狙っていた他の貴族も少なくなかったようで、ほとんど平民と変わらない俺がいきなり高位貴族になることについて、反対の声も少なくなかった。

「……これ、大丈夫なのか？　俺、暗殺とかされない？」

「ちゃんと護衛はついていますし、ミスミも一緒にいますわ」

「うん。ボクに任せてくれれば問題無い」

「私のほうでも、おかしな動きがないかチェックしているし、情報は集めているわ」

「俺の妻達、頼り甲斐がありすぎる……」

「ええ。ですから、タダシは安心して、わたくし達の夫になればいいんですわ」

極上の美女が、すごく男前なことを言う。

結婚前から、俺は妻達の尻に敷かれることが決まっているようなものだ。それも悪くないと思っている時点で、今更なことだろうけれど。

「あとは……妻としての公的な立場については三人で話をしたんだよな？　どうなったんだ？」

「パーチェ様が正妻、私が第二夫人、ミスミが第三夫人という形になったわ」

一番、地位の高いパーチェが正妻なのは当然か。

「ふたりはそれでいいのか？」

「ええ、正妻になると家のことを回す必要があるもの。貴族家のことを私にどうにかできると思わないし、商会を続けたいの。こんなに楽しい仕事をやめろとは言わないでしょう？」

「もちろん、エレーンの好きにしていいよ」

苦笑しながら俺はそう答える。

「ミスミはいいのか？」

「ボク達は順番とかは別にどうでもいいかなー。ただ、美味しいものをたくさん食べられるなら」

「わかってる。これからもちゃんと日本のうまいものを色々と食べさせるよ」

そういうわけで、妻達の順位というか順番については、特に異論もなくまとまった。

そんなこんなもあって、あっという間に迎えた結婚式当日。

パーチェの友人として、第三皇女は来ているし、他にも多数の貴族が来ている。後ろのほうでは辺境伯領で付き合いのある商会の代表が、そして用意してある料理のテーブルの一角を囲うように集まっているのはエルフ達だろう。

「どんだけ人が集まっているんだ？　今からでも遅くないから、逃げたくなってきた……」

「まだそんなことを言っていますの？」

「式が始まれば覚悟が決まるんじゃないでしょうか？」

「花嫁って、ご飯は食べられないの？」

ウェディングドレス姿の美しい三人の花嫁達は、いつも通りだ。

こちらの世界で初の異世界方式で行う結婚式だ。それだけに注目度も高いというのに……どうやら緊張しているのは俺だけのようだ。

「……俺が結婚するってことに、しかも妻が三人いるって知ったら驚くだろうな」

もう会うことのできない日本にいる家族や知り合いの顔を思い浮かべ、そんなことを呟く。

「それでは、辺境伯家パーチェ・エフティ・モニック。カネマツ商会、エレーン・クニカ。レクストの森のエルフ、ミスミ。そして、タダシ・カネマツの結婚式を執り行う」

教皇様の宣言により、結婚式が始まった。

そう、教皇様だ。教会の最高権力者だ。なんで俺の結婚式に!? と叫びたくなったものだ。

辺境伯は高位の貴族ではあるが、本来は教皇様が来るようなものじゃない。それだけ、教会も今回のことに力を入れているのだろう。

もともと、こちらの世界での結婚は、貴族であっても平民であっても式を挙げるということはしないようだ。

そこに日本式のやり方を持ち込み、良いとこ取りをした新しい形を作ったのだ。

今後、王族や貴族の結婚式に教会が絡むためにも、ここでしっかりと結果を出しておきたいというところだろう。

結婚式は、初めてのことだけあって、小さな失敗や問題はあったものの、どうにか無事に終わった。

おそらく、今後は少しずつ形を変えながら広がっていくことになるだろう。

文化の浸食、複数人を相手に結婚……うん、俺もエーサクについて、何も言えなくなったのは間違いない。

そして、式が終わった後は、披露宴代わりの舞踏会だ。

正直に言えば、すぐにでも家に戻ってゆっくりしたい。けれど、まだ俺にはやるべきことがあるのだ。

「それで、エレーンとミスミはどうする？」

「今日は先に戻らせてもらうわ」

結婚式の準備のため、あちらこちらを駆けずり回り、大変だったのはわかる。だから、引き留めるわけにはいかないだろう。

「疲れたし、ボクは家でゴロゴロさせてもらう」

エルフであるミスミには、今回の件でだいぶ無理を言った形となっている。彼女が休みたいというのもわかる。止めるわけにはいかない。

「えーと、できれば俺も家に戻りたいんだけど……」

「タダシ、そんなことできるわけがないのは、わかっていますでしょう？」

ウェディングドレスから豪奢なドレスに着替えたパーチェが俺の腕を取る。

今の彼女の服装は、地球のものをベースにエレーンとふたりで作りだし、家名をとって『モニック式』と呼ばれるようになった、最新デザインのドレスだ。

「わかってる。パーチェの夫となるからには、しっかりしないとな」

この世界に骨を埋める覚悟をしたのだ。いつまでも、異邦人を気取っているわけにはいかない。

「ふふっ、頼りにしていますわ、旦那さま。では、まいりますわよ」

覚悟を決めて、俺はパーチェと共に会場へと向かった。

王族や貴族を相手に精神をすり減らすような思いで挨拶を済ませ、あとをパーチェに任せる。

舞踏会の会場から離れ、俺は人目を避けるように向かった場所でやっと一息つくことができた。

「……どこへ行ったのかと思えば、こんなところにいましたの？」

声に振り返ると、呆れたような顔をしたパーチェが立っていた。

「パーチェこそ、招待客の相手はもういいのか？」

「ええ。必要な挨拶は終わりましたわ。あとはお父様にお任せしてきましたから。それに、わたくしもこれほど多くの人が集まる場所には、あまり慣れていませんもの」

そういえば、帝都の舞踏会に出てからは、領地に引きこもっていたんだっけ。

「それじゃ、ふたりで少しのんびりするか」

『等価交換』で用意したアウトドアチェアにパーチェと並んで腰かけ、冷えたペットボトル入りの飲み物を手渡す。

「この椅子に使われているのは、ただの布ではありませんわね。手触りや材質も不思議ですけれど、この飲み物が入っている透明な入れ物もすごいですわ」

「気軽に使えるし、どこでも飲めるからな。便利だろ？」

「エレーンならば、これも商売に利用しようとするんじゃありませんの？」

「こっちの技術だと、蓋の部分だけでも再現は難しいみたいだな……エルフならできるって話だけど……」

「貴族でも簡単に手が出ない値段になりそうですわね」

遠くから聞こえてくる喧騒に耳を傾け、ふたりでゆったりと過ごす。

「これでタダシは正式に私の夫ですわね」

「……まだ実感がないけれどね」

「それはわたくしも同じですわ。出会ったときは、あなたとこのような関係になるだなんて、まったく思ってもいませんでしたから」

「それは俺もだよ」

顔を見合わせて笑い合う。

「パーチェは後悔しない？」

「それはわたくしの言葉ですわ。ずいぶんと強引に話を進めたことは自覚していますわ。不満があれば聞きますわよ？」

気になっていたのか、むしろパーチェのほうが聞いてくる。

「不満はないなぁ……」

「そうですの？」

意外そうに目を丸くしている。

「パーチェ、そしてエレーンやミスミに釣り合うような夫になれるのかという不安はあるけどね」

俺の力はあくまで借り物でしかない。

もし、今すぐ『等価交換』の力を失ったら？　三人の妻達とは釣り合わないだろう。

「そんなことを気にしていましたの？　スキルがなくともあなたはあなたですわ。もしそうなっても、わたくしやエレーン、ミスミが協力すれば、タダシの千人や二千人くらいは養えますわよ？」

「すごい説得力だな」

「ですから、あなたは安心してわたくし達の旦那さまをしていればいいんですの」

「……ありがとう、パーチェ」

彼女の気持ちが嬉しくて、そっと抱き寄せ、キスを交わす。

「このままこうしていたいけど……さすがに戻らないといけないよな」

パーチェは花嫁だし、おまけとはいえ俺は婿だ。

「今から戻ったら、先ほど以上に囲まれることになりますわよ？」

「それは避けたいな……」

招待客達が待ち構えているところに、鴨葱《かもねぎ》よろしく飛び込むことになる。

「では、抜け出してしまいましょうか」

いたずらっぽく笑うと、俺の手を取って会場となっている広間とは別のほうへと歩きだした。

辿りついたのは広大な庭の一角。樹の陰が濃く、ひと目につきにくい場所だった。

人目を避けるためにドレスは脱ぎ、いつもの服に着替えている。

「ここなら、家族や、家に長く仕えている使用以外は、入ってくることはできませんわ」

「それなら、もう少しだけのんびりできるな」

「もう……。誰にも邪魔をされず、ふたりきりになったのに、何を言ってますの？」

俺の首に腕を回し、胸を押し付けるように抱き着いてくる。

「パ、パーチェ？」

「エレーンとは外でそういうことをしたことがあると、それにミスミも森や林などで何度も愛し合ったと言ってましたわ」

「そ、それは……」

「でしたら、わたくしともできますわね？」

にっこりと笑いかけられて、俺は頷くしかなかった。


「パーチェ、そこの壁に手をついて」

「え？　こ、こうですの？」

俺に言われるまま、パーチェは壁に両手をついた。

こちらに背を向ける格好になった彼女の穿いているスカートをまくりあげる。

「ひっ!?　タ、タダシ……な、何を……」

「外でするのに、服を全部、脱がすわけにはいかないだろ？」

「それは、そうですけれど……」

「それとも脱がしたほうがいい？」

「もう……何を言ってますの」

少しばかり呆れた口調でパーチェが言う。

初めてのときはエレーンの手助けを必要としていたが、あれから何度も経験を重ね、パーチェもずいぶんと慣れた。今では、行為の前に軽口を交わす余裕もある。

とはいえ、さすがに誰に見られるかもしれない場所で、こんなことをするのは初めてのことだ。羞恥や不安もあるのだろう。パーチェは話をしながらも、左右を確かめるように視線を巡らせている。

「やっぱり止めて戻るか？」

「い、いえ。続けてください」

意地になっている……というわけではなく、興味が勝っているようだ。

彼女の希望を受け、俺は女性らしい曲線を描くお尻に手を伸ばし、パンツの上から軽く揉む。

「んっ……は……」

指を押し返してくる柔らかな弾力を楽しみながら、強弱をつけてお尻を愛撫する。

「は、あ……んっ、ん、ふ……」

パーチェの息が乱れ始めた。

いつもはお尻ではそれほど感じていない。おそらく、状況が興奮を誘うのだろう。

「恥ずかしい姿を見られるかもしれないのに、興奮しているのか？」

「そ、そんなこと……」

「違うとは言わないよな？　だって……いつもより感じやすくなっているみたいだけど」

お尻を弄っていた手を太ももへと這わせる。触れるか触れないかという淡いタッチで肌を撫でていく。

「んあっ♥　んんんっ♥　はあ、はあ……ん、くすぐったい、ですわ……」

可愛らしい反応に、いたずら心がむくりと頭をもたげてくる。

くすぐったいだけというのなら、気持ちいいと自分から認めるまで、じわじわと責めることにしよう。

指ではなく手の平を使って足のラインをなぞる。優しく、丁寧に、けれど……少し物足りないくらいの刺激で。

少しずつ熱を帯びてきているのを感じながら、さらに愛撫を続けていると、切なげな吐息を漏らし腰をくねらせはじめた。

「は、あ……ん、ん……はあ、はあ………あっ♥　は………んっ、タダシ……？」

「どうかした？」

「い、いえ……なんでもありませんわ」

「なんでもないのならいいんだけどね」

パーチェからは見えないだろうけれど、俺は今、少しばかり意地の悪い笑みを浮かべているだろう。

内ももを撫であげ、股間に触れる直前でコースを変える。足の付け根を撫でながら下腹部へ。

「え……？　あ……」

無意識に期待していた秘所への愛撫ではなかったことに、パーチェが戸惑いの声をあげる。

そんな彼女の態度に構わず、ヘソ下の辺りを指で軽く押し込みながら左右に揺らす。

「う……？　ん、ん、は………あ？　ん、あ……あ……ふっ♥」

ポルチオが十分に開発されていなくても、外から子宮を揺らされれば、それなりの刺激があるはず。

しばらくそうしていると、少しずつ効果が出てきたのか、パーチェの反応がさらに変わってくる。

「は、あ……んっ♥　あ、はあ……んっ♥　あ、違うの……そこじゃなくて……は、はっ、は……んんんっ♥」

漏れ出る吐息が熱を帯び、さらに強い刺激を求めるように腰をくねらせる。

だが俺はパーチェの無言の要求には応えず、お尻を捏ね、お腹を揉むように刺激し、太ももをくすぐるだけ。

やっと自分が焦らされているのだと気付いたのか、パーチェが肩越しに振り返る。

「タダシ……いじわるですわ……」

「何が意地悪なのかな？　ちゃんと言ってくれないとわからないよ」

「……い、言わなくてはいけませんの？」

「うん、言ってほしい」

パーチェの性的な知識はこちらの世界のご令嬢らしく、侍女や友人達からの聞きかじり程度でしかなかった。

だが、今は違う。俺に内緒でエレーンやミスミと一緒に日本のエロいアレコレを見たり読んだりしていることを知っている。

「わたくしの旦那様はエッチでいじわるですわ……勇者エーサクと同じ世界から来たのですから、しかたのないことかもしれませんけれど」

観念したように溜め息を吐くと、パーチェは腰をぐっと突き出した。

「いじわるしないで…………わ、わたくしのおまんこに、おちんぽを入れてください」

羞恥に体を震わせながら、パーチェが俺を求める。

いつもの彼女は高位貴族の令嬢らしく凛としている。そんな彼女が淫らなおねだりをしているのだ。勃起していたペニスがさらに熱を帯び、硬く張り詰める。

「するよ、パーチェ」

返事を待つ間も惜しく、俺は下着をずらして彼女と繋がっていく。

「あ……♥　は…………んんっ♥」

待ちわびていた挿入に、パーチェはぞくぞくと全身を震わせ、甘い声をあげる。

「パーチェのおまんこ、すごく熱くなってる……そんなに、俺のチンポが欲しかったんだ？」

首筋にキスを落としながら、わざと卑猥な言葉を使って尋ね、さらに腰を進めていく。

「んあぁんっ♥　あ、ふ……そのような言い方、しないでください……ん、んんっ♥」

抗議の言葉とは裏腹に、パーチェのおまんこはきゅうきゅうと締め付け、さらに自分から腰を押し付けてくる。

軽い言葉責めをしたり、焦らしプレイをすると反応が良いんだよな。パーチェは、少しMっぽいとこがあるのかも。

とはいえ、セックスのスパイス程度ならばともかく、本気で意地の悪いことをしたいわけじゃない。

焦らしたお詫びのつもりで、すぐに抽送を始める。

「あ、あっ♥　んんっ♥　いきなり、はげしく……あっ♥　んくぅ……んあ……繋がっているところ、熱くなって……タダシの、感じますわ……はあ、はあ……♥」

おまんこはとろとろに熱く、チンポが前後するたびに、うねうねと絡みついてくる。

「エレーンのおまんこ、すごく気持ちいいよ」

後ろから抱きつき、耳たぶを甘噛みしながら、さらに深く、強く、腰を突き入れる。

「んあっ♥　あぁあんっ♥　う、くぅっ♥　はあぁあっ♥　深い、とこに当たって……んあっ♥　あ、は……おちんぽ、気持ちいい……は、ああ……♥」

パーチェも自ら腰を使ってくる。

結合部から聞こえてくる粘りけのある水音。ひっきりなしに零れるパーチェの甘い喘ぎ声。

「あっ♥　あっ♥　エレーンの、言った、通りですわ……んんんっ♥」

「エレーンの？　何て言われたの？」

「あなたと初めてしたときのことですわ。あのときは、とても痛かったのに、今は……は、あっ♥」

「今は？」

「とても、気持ちいいの……んっ♥　タダシのおちんぽで、おまんこをじゅぼじゅぼされるの、大好きになってしまいましたわ」

興奮と快感が、パーチェを素直にしているのだろう。彼女は恥ずかしい言葉をためらいなく口にする。

「だったら、パーチェの大好きなこと、もっと、もっとするな」

腰をしっかりと掴み、彼女の体を引き寄せるようにして、ペニスを根元まで深く挿入する。

「ふああああああっ♥」

コリついている子宮口を亀頭で押し上げたまま、円を描くように腰を回す。

「あっ♥　あっ♥　深く……んんっ♥　奥、当たって……んっ、いっ、いいっ♥　あ、あっ、ああぁー♥」

「パーチェ……声、抑えて」

「そ、そんなこと……言われても……んんんっ♥　無理ですっ……あっ♥　あっ♥　声、出る……出てしまいます……♥」

人のいない場所だといっても、部屋の中ではないのだ。

……こうなってはしかたない。誰かに見つかる前に……終わらせる！

「わかった……我慢しなくていいから」

ずんっと、深く突き入れると、今までよりも速く、強く腰を前後させる。

「んひっ!?　は、あ、あ、あ、あ、あっ♥　お、おくぅ……ん、あっ♥　あっ♥　あっ♥　お、お……ん、くぅ♥」

「く、あ……！」

パーチェが息吐く暇もないくらい激しく腰を打ち付ける。

彼女の昂ぶりに比例するように、俺もまた限界へと向かっていくのを感じる。

「あ、あ、あっ♥　そんな、はげし……わたくし……い、いく……あ、あっ♥　い、いいっ、いきます……あ、あ、あ、あ、あっ♥」

切羽詰まった声をあげ、体を捩《よじ》り、腰をくねらせる。

「んあっ♥　あっ♥　あっ♥　あーっ♥　んあっ、ああああああっ♥」

空を仰ぐように背中を反らし、全身を小刻みに震わせる。

「あああああああああああああああああああああっ♥」

絶頂の声が大きく、長く響く。

「う、あああ。パーチェ、出る……！」

ビュグウウッ、ビュグウウッ、ドプッ、ビュウルルルッ!!

熱くうねる膣内へと、全てを放出する。

「あ、あああ……あ、ふ♥　ん、はあぁ………♥」

立っていられなくなったのか、パーチェがその場に膝をつき、崩れるように倒れこむ。

余韻に浸っていたいところだけれど、この場にいるのはまずい気がする。

すっかり脱力しきったパーチェを抱きあげ、この場を離れた。


「今後、タダシを支えていくためにも、妻であるわたくし達の協力は不可避ですわ」

パーチェの言葉に同意するように、エレーンとミスミが深く頷く。

「商会の相手や平民向けの商売についてはエレーンが、エルフとの交易と安全についてはミスミが、そして王族や貴族についてはわたくしが担当いたします」

「そうですね。それがよろしいかと」

「ボクもそれでいいよー」

三人の妻達がそろって今後について話をしている。それはいいのだが、俺が口を挟める雰囲気じゃない。

「……ええと、俺がここにいる意味は？」

「わたくしたちの旦那さまなのですから、話を聞くのは当然ですわ。家族の不和は、相互理解の不足からですもの」

「たしかにそうだな」

「あとは、教会や面倒な相手についてですけれど……」

「ああ、それは俺がやるよ。教会の上層部は俺が異世界人だってことに気付いてるみたいだし、こちらの世界の宗教も常識も知らないから、そのほうが忖度《そんたく》せずに色々とやれるだろ？」

「そうね……。この国とは別の宗派だけれど、教会の人間が勇者エーサクを怒らせて大変なことになったという話があるわね」

「うん、エーサクはその宗派の教会を全部潰して回ったんだってー」

「そこまでするって……よほど、ろくでもないことをしたんだろうな」

「うん」

ミスミは頷くだけで、理由は口にしない。いや、あえて言わないのか。

「まあ、そういうこともあって教会だけでなく、他の宗教も異世界人と揉めないように気を付けるはずよ」

「わかった。ほどほどに良い関係を気付いておくよ」

辺境伯家の入り婿の立場と、法服子爵の立場を手に入れた俺は、以前よりも積極的にカネマツ商会としての動きを強めていた。

王族と高位貴族、そして教会には特別な商品の販売だけでなく、料理のレシピや酒の造り方などのノウハウも提供した。

完全に独占しているよりも、利益を分配したほうが良いというパーチェの判断からだ。

試行錯誤をくり返していけば、技術の蓄積も行われるだろう。さらに領地ごとに特色のある料理や酒が増えるはず。

とはいえ、ただ技術を広げるだけでは効果も薄い。

物が循環しなければ、経済が回らない。一部地域のみ栄えれば、周りからのやっかみも大きくなり、奪われる心配をしなければならない。

そういうわけで、次に着手したのは物流だ。

まずは辺境伯家を裏切ることのない人間を選別し、車の運転を覚えてもらった。

その後は俺が用意したトラックに往復分の燃料を積んで、商品の輸送をしてもらっている。

そうやってやや離れているが友好的な領や、帝都の間に物流経路を作った。

カネマツ商会以外には、馬車の改良に必要な技術を公開した上で、サスペンションに使うバネや、丈夫な車軸、ベアリング、車輪を覆うゴムをほぼ原価で提供している。

カネマツ商会の車には及ばずとも、今までの馬車とは比べ物にならない性能だ。これによって近隣との繋がりも深くなった。

まっとうな商会を優遇し、技術を提供し、新しい産業を興して雇用の創出をすることで、辺境伯領は順調に発展をしていた。

さらに、王族の要望を受けて城下にカネマツ商会の支店を作るため、帝都にある辺境伯の屋敷で過ごしていた。

仕事が一段落したところに、エレーンが慌てた様子で部屋にやってきた。

「タダシ、辺境伯閣下がいらっしゃったわ！」

「……へ？　なんで？」

「なんでって……話があるからに決まっているでしょう？　サロンでお待ちよ。急いで用意して」

「あ、ああ。わかった」

面倒だが、急いで着替えて身嗜みを整えてから、モニック閣下の待つ部屋へと向かう。

中に入ると、辺境伯だけでなくパーチェの姿もあった。ミスミがいないのは、面倒くさいから逃げたのだろう。

……俺も自室に戻ってゴロゴロして過ごしたい。

「お待たせして申し訳ありません、閣下」

「いや、突然尋ねたのだ気にせずともよい。それよりも、私のことは義父《ちち》と呼ぶように言ったはずだが？」

「まだ、慣れておりませんので……失礼しました。お義父上《ちちうえ》」

「うむ。それで良い」

満足げに頷く辺境伯——義父の向かいに腰を下ろす。

「お義父上、今日いらしたのは、どのようなご用件でしょうか？」

「もちろん、愛する娘に会いに来たのだ」

「あら、嬉しいことをおっしゃいますのね。ですが、それだけではありませんよね？」

「ああ。タダシに確かめたいことがあってな。だが、少しばかり舌を湿らせたほうが話をしやすくなるとは思わんか？」

いたずらっぽい笑み。顔は似ていないのに、こういうところはパーチェっぽいと感じるのだから、似た親子なのだろう。

「わかりました。何にしましょう？　ワイン以外にも、ブランデーやウイスキーなんかもありますが」

「ワインはわかるが、ぶらんでーとういすきーというのは？」

そうか。こちらには無かったのか。

「このようなものです。それぞれ原材料や製法がワインとは異なっている酒となります」

『等価交換』で日本の有名メーカーのものを取り出す。

「ほお……！　見た目も美しいな。これがぶらんでーとういすきーか」

開け方を教えると、いきなりウイスキーの蓋を開けて瓶に口をつけた。

「……ずいぶんと酒精が強いな。だが、香りも味も深く素晴らしい」

「いやいや、貴族なんですから、毒味もなしにそんなことしたらだめでしょう!!」

「なんだ？　婿殿は私を亡き者にするつもりがあるのか？」

「そんなことしませんよ！　ですが、うかつに過ぎます！　周りの皆さんも、羨ましそうに見ていないで止めてくださいっ!!」

「……これも美味いな」

俺の訴えにかまわずブランデーを飲んで、満足げな顔をしている。

「そういえば、勇者エーサクが、キーケス男爵の領地に米があることを知って、ニホンシュという酒を作ろうとしていたという話があったな。それはないのか？」

「……こちら、日本の大吟醸です」

「ほほう、これがそうなのか！」

「陛下もエーサクの残した話を知って、いつか自分も味わってみたいとおっしゃっていたな」

「わかりました。王家に献上する分もご用意いたします。追加で必要な場合は、必要な代価をいただきますが」

「すまんな。ああ、しかし、このような物を私だけで楽しむわけにはいかんな。婿どのもそう思うだろう？」

今にも踊り出しそうなくらいに上機嫌な辺境伯とは対照的に、控えている執事や護衛、侍女さん達の視線が痛い。

飲むのを止めなかったのは、自分達も酒を味わってみたいからだろうか？

そういえば、パーチェも酒に強かった。辺境伯領の人間は酒好きな人間が多いのかもしれない。

「こちらは、先ほどよりもやや若いワインと、私の国のビールと呼ばれている飲み物です。酒精はそれほど強くありませんが、味わいは悪くないかと思います。皆様にいかがでしょう？」

ワインに合わせ、瓶ビールを『等価交換』する。

「空いた瓶は回収をお願いします。ワインは空き瓶と金貨1枚で、ビールは空き瓶と銀貨1枚で、新しいものと交換いたします」

「よし、そのビールとやらを１００ケース。ワインを１００本ほど頼む。金は私が用意しよう」

「かしこまりました。では、倉庫に置いておきます」

すぐに追加が来そうなので、言われた倍の量の酒を用意しておこう。そう心に誓う。

「のんきにお酒の話ばかり……お父様はともかく、タダシはこのような事態になったのに、ずいぶんと落ちついていますわね」

「え？　このような事態って、何かあったのか？」

「あ、あら？　話を聞いておりませんの？」

「タダシ、知らなかったの……？」

パーチェだけでなく、エレーンも戸惑った顔をしている。

「お父様、こういう話は最初にすべきではありませんの？　なのにお酒のことばかり……」

このままだとお説教になりそうなので、半ば強引に話を進める。

「俺……いや私のことで何があったんでしょうか？」

「ああ。クッド王国から使者が来たぞ。ウチの娘婿は『王や貴族を謀《たばか》った犯罪者なので、引き渡せ』だそうだ」

辺境伯は迫力のある笑みを浮かべながら言う。

「……そういうことですか」

こちらの世界は、インターネットみたいなものはない。情報の拡散に時間がかかり、正確に取得するためには手間も金もかかる。

しかしクッド王国は隣国だ。俺が生きていることを知られるのは覚悟していた。

「タダシ、王家や貴族を謀ったというのは本当ですの？」

「死んだように偽装したことかな？」

「あなたのスキルが塩しか生み出せないと言っていたことじゃないかしら？」

俺の言葉にエレーンが応える。

「いや、他にできるともできないとも言ってなかったけれど、嘘はついてないぞ？」

「いまさらとはいえ、タダシの能力の有用性に気付いたのでしょうね」

「それで惜しくなったとか？　俺を異世界から拉致して、無能だからと処分しようとしたのは誰だって話になるけれど」

「そうね。でも、あの国の王族や貴族はそんなことをしただなんて、認めたりしないでしょうね」

エレーンも呆れ顔だ。

「それで、タダシがどうしたいのか確認をしておこうと思ってな」

「もちろん、あんな国に戻るつもりも関わるつもりもありませんが……義父上、帝国はどう対処するつもりなのか聞いていますか？」

「王国側の主張など受け入れるつもりはない。多少うるさいのがいるが、明日にでも『説得』をしてくるから安心するがいい」

「ありがとうございます」

「国内はお父様に任せておけば問題ありません。あとは、わたくし達がどう動くかですわね」

「そうだな……」

今までのことを思い返せば、答えに悩むこともない。

「手を出してくるのならば、遠慮なく、容赦なく、報復しよう」

謝罪をして協力を仰いでくるならともかく、犯罪者扱いか。もとより戻るつもりはないが、手を出してくるなら、相応に痛い目に遭ってもらおうか。

「悪い笑顔ですわね」

「うん、悪い笑顔をしてるわね」

「……そんな顔していたか？」

思わず尋ねると、パーチェとエレーンはそろって深く頷いた。

「大丈夫だよ。武力でどうこうするのは、最終手段の予定だから」

「それで、何から始めるつもりですの？」

「そうだな……まずは、むしり取れるだけむしりとることから始めようか。戦争をする余裕がなくなるくらいまで」

第四章　商人たちの戦い方

王国が身勝手な主張をし、従わないのならば実力行使も辞さないと宣言したことを受け、俺達――カネマツ商会は準備を始めた。

戦争を匂わせてくるような相手に『対話でどのような問題も解決できるはず！』だなんて、お花畑的な考えを前提に行動するつもりはない。

敵となった相手に容赦するつもりはない、が……小心者の俺としては自分のせいで戦争が起こったり、それで帝国の人間が大勢死ぬのは避けたい。

なので、できるだけ犠牲を出さず、相手に気付かれにくい方法でクッド王国の力を削いでいくことにした。

こちらの世界で国力といえば、国土の広さ、人口、食糧生産量だ。

満足に食えるのならば人が集まる。人が増えればできることも多くなる。戦争も選択肢の一つだ。

練度が高く、装備のしっかりしている騎士達が百人いれば、農民千人にも勝てるかもしれない。

だが、相手が五千に、そして一万になれば？

数の暴力に抗うことは難しいだろう。

「……ということで、数を揃えるのを邪魔するため、まずはクッド王国の食糧を奪う」

「町や村を潰して回るの？」

俺の説明を聞いて、ミスミがさらりと物騒なことを言う。

「それは非効率だし、恨みが深くなれば相手の結束を高めることになるだろう？　だから、逆のことをする」

「逆のこと？」

「今ある食糧を10渡せば、より良いものや普段は口にできないものを7、手に入れられる」

「美味しいものを知ったら、次も食べたくなるね」

「それに、消費量の増加も同時に促せるわ」

「効果は薄いけれど、続けることで王国の食糧の減りが早くなるだろ？」

「たしかにそうなるでしょうね。ですが、それではあまり効果を認められないのではなくて？」

パーチェの言う通りだ。効果は薄いだろう。でも食糧の販売はあくまで表向きの理由だよ。王国の連中もすぐには気付かないだろう？

「そういうこと。なら、裏では何をするつもりなのかしら？」

「一つが、帝国に対する厭戦《えんせん》感を広げる。何もしなければ、美味いものを購入できるのに、どうして揉めなくちゃいけないんだ、と思わせる」

「二つ目は？」

「王国の貨幣と武器や馬、難しいなら金属類ならなんでも買い取っていく。戦争の準備を遅らせて、クッド王国の経済活動を鈍化――可能なら破綻させたい」

「カネマツ商会だけで、そんなことできますの？」

「無理だ。なので辺境伯家だけでなく、いくつかの貴族家や、多くの商会に手を貸してもらうことになるだろうな」

「他にもあるのかしら？」

「ああ。商売を通じてクッド王国の王族や貴族の悪評を流す。情報の伝達が遅く、不正確なこちらの世界だからこそ、効果は高いはずだ」

食糧を奪い、武器に転用できる金属を奪い、貨幣を奪い、戦争に対する士気を下げる。

すぐに効果が出るものばかりじゃないが、同時に、そして広範囲に行えば、クッド王国の力を弱められるはず。

「……ということで、まずは国境に近い村や町を相手にして、そこからさらに広めていく感じでいこう」

飛竜を使っても、帝都とクッド王国の首都を往復するには二、三週間はかかるらしい。ならば、帝国が俺の引き渡しを拒否したことが伝わり、王国側がどのように対処するのか決定するまで早くても一ヶ月。戦争となっても帝国との国境に兵士達を配置するまでに、さらに二ヶ月はかかるそうだ。

最短であっても、俺達には三ヶ月ほどの時間がある。

ここで能力の出し惜しみはなしだ。

徹底的に、二度と俺に手を出す気にならないくらいのダメージを与えてやる。

クッド王国の経済を破綻させるため、俺達が本格的に動き始めてから二ヶ月ほどが経過した。

「二ヶ月くらいじゃ、王国全体に対する効果という意味では大きくないとは思ってたけれど……近隣には十分な影響が出ているな」

「ええ。カネマツ商会の利益もすさまじいわね」

いくらチート能力があっても一国が相手だ。

正直に言えば、力を尽くしても時間稼ぎと軽い嫌がらせにしかならないだろうと思っていたのだけれど、予想以上だ。

「もしも、王国がタダシを取り込んで、本気で商売をしていたら、帝国も商業連合国も、今頃は経済的な支配地域だったんじゃないかしら。あなたが敵に回らなくて良かったわ」

エレーンが真剣な顔でそう言うくらいに、王国の貨幣はすごい勢いで帝国——ウチの商会へ流れこんできている。

『辺境伯領産』の高品質な小麦や大麦などの主食。他では手に入らない甘味。ワインやミードを始めとした上等な酒類。王国での売価の十分の一ほどで購入できる布類など、国境に接している街や村で飛ぶように売れている。

クッド王国との交易を手伝ってもらっている商会には、売上の半分を渡しているが、それでも笑いが止まらないようだ。

噂が広がるにつれ、ウチに協力したいという商会が大小を問わずに増え続けているので、さらに経済的な浸食は進むはず。

対照的にクッド王国の商会は軒並み大きなダメージを受け、潰れたり撤退をしている。

「とはいえ、そろそろこちらの情報も王国に掴まれているでしょうね。何かしらの対処をしてくるんじゃないかしら？」

「だろうな」

「他人事みたいね。狙われるのはカネマツ商会……いえ、タダシなのよ？」

「できるだけ気を付けるよ。それに――」

「タダシにはボク達がついてる。それに、エルフもたくさん来ている」

ミスミの言う通り、俺達個人個人だけでなく、家や商会にもエルフ達がついてくれている。

「今のタダシの護りは皇帝陛下以上ですわ。暗殺しようとしても、手練れの百人や二百人を用意しても難しいのではないかしら」

パーチェが苦笑まじりに言う。

「とはいえ、ちょっかいはかけてくるだろう。そこで、さらに次の手を打つ。自分達の足元に火がついたら、悠長に俺の排除だなんて言ってられなくなるだろ？」

「売り物を増やす……わけではないわね。それでは足元に火がついたとは言えないもの。今度は何をするつもりなの？」

「協力してもらっている貴族や商人達に噂を流してもらう」

「噂？　もう色々と流しているわよ？」

「クッド王国も黙ってはいないだろう。帝国との売り買いの停止と、こちらを悪に仕立て上げて、戦争の口実作りくらいはするだろうな」

「……やりそうね」

「そこで『王国の言うことは嘘であり、王族や貴族は自分達だけが贅沢をするために金を集めている。それでも足りないので、税金をさらに高くし、さらに戦争を始めようとしている』という話を聞いたら？」

「……タダシが以前、自分は貴族に向いていないとは言っていましたけれど、そう思えなくなってきましたわ」

パーチェが苦笑まじりに言う。

「そうか？　貴族として自国の利益だけを考えるなら、もっと酷いやり方で戦争なんて起きる前に王国を潰しているぞ？」

「……参考までに、どのような方法なのか、聞かせてもらえますかしら？」

いくらパーチェの夫となっても、俺が帝国と敵対する可能性はゼロじゃない。夫婦である前に彼女は帝国の貴族だ。だから、知っておきたいのだろう。

「そうだな……たとえば、強力な常習性のある薬を安値でクッド王国内に広げて、その後に値段を釣り上げていくとかかな？　いくらでも売れるし、薬物中毒になった人間達はまともに生活できない。国の根幹が揺らぐだろ？　そうなったら、クッド王家を潰せば薬をもっと売ってやると言えば、王族や貴族達を――」

「だ、だめよっ。それはいくらなんでもだめですわっ！」

パーチェが真っ青な顔で止めてくる。

「だったら、クッド王国の穀倉地帯に空から植物を枯らす薬を大量にばら撒けば、まともに収穫することもできず、来年以降は深刻な食糧不足を引き起こすことができるな」

「タダシ、あなたは王国を滅ぼすつもりですの？」

疲れきったような顔をして、パーチェが言う。

「本気で滅ぼすつもりなら、他にもっと効果がある兵器――道具があるな」

「タダシ、人が住めなくなる土地を作るのはダメだからね？」

「ちょ、ちょっとお待ちなさい。人が住めなくなるというのは、どういうことですの？」

ミスミの言葉に青い顔をしたパーチェが慌てて尋ねてくる。

そういえば、彼女には話をしていなかったっけ。

「クッド王国の王都くらいなら、一瞬で更地にできるだけの兵器があるんだよ」

「…………え？」

パーチェの目が点になる。

「嘘、ですわよね？」

「いや、本当だよ。その気になれば、王都だけでなく、主要都市全てを攻め滅ぼすのに一日かからないと思う」

「……わたくしの旦那さまは、思っていた以上に恐ろしい方ですのね。今の話、他の人間には絶対に知られないように気を付けなさい」

「わかってる。そこにいるだけで国を滅ぼせる人間なんていたら、誰もが排除しようとするだろうしね」

「わかっているのならいいですわ。ですが、今の話にあった兵器というのを使う気になったら、かならずわたくし達に相談してください。約束ですわよ？」

怖いくらいに真剣な顔で、パーチェが言う。

「わかってるよ。俺だって好きで人殺しをしたいわけじゃない」


経済的な侵略の効果か、クッド王国は金や食糧の不足もあって、戦争準備が思ったように進んでいないようだ。そのため、臨時で税を課したらしい。

王や貴族の評判は元より悪かったが、徴税のせいで俺達が流していた噂が真実味を増し、毒のように王国全体へと広がっているようだ。

経済的にダメージを与え、戦争に必要な物資を削り、王侯貴族への不審感を根付かせた。

あと数年もあれば、戦争することなくクッド王国を経済的に支配することも可能になるだろう。

けれど……やはり、そう簡単にはいかないようだ。

俺は義父――モニック辺境伯に呼ばれ、屋敷へ来ていた。

「王国が動き出したんですか？」

「そうだ。我が領と隣接している王国側の領に兵士や冒険者が集まりつつある」

「辺境伯領に近い場所ほど、カネマツ商会の影響が濃いはずです。積極的に敵対しようとする人間も少ないかと」

「報告は受けている……が、領主の面目もある。無理にでも兵を集めているようだ。武力を行使することで、帝国に……いや、我が領に対する牽制と、可能ならばタダシ、お前を殺害するか拐《かどわ》かすつもりだろう」

「今さら俺を殺しても手遅れとしか言えないんですが……王国にしてみれば、それくらいしか選択肢がないでしょうね」

「とはいえ、すぐに攻めてくることはあるまい。我が軍は精強だ。手を伸ばしてきたのならば、ただで済ますつもりはない」

迫力のある笑みを浮かべる。

ここで『俺のせいで戦争になってすみません』なんて言ったところで、お義父上に一蹴されるだけだろう。

「武具と兵糧などはすべて私のほうで用意いたします。必要でしたら、移動の手段なども」

「うむ。そのときは頼むとしよう。だが、その前にタダシのしていることを、さらに押し進めることはできるか？」

「クッド王国対策を、ですか？」

「そうだ。武を持って平定するのも悪くないが、その後が面倒だ。しかし、お前のやり方ならば復興も容易い。辺境伯家を好きに使って構わん。王国の連中に力を示せ」

「かしこまりました。全身全霊を持ってお義父上の期待に応えましょう」

「くっくっく。期待しているぞ」


「……ということになったんだよ」

お義父上の指示を受けた俺が最初にやったのは、三人の妻達を集めての相談だった。

「商会は、これまでしてきたことを続ければいいんじゃないかしら？　十分以上の利益は出ているし、王国の通貨は流出を続けているわよ？」

「エレーンの判断で、売れそうなものがあったら商品を増やしてくれ。必要なだけ用意する」

「では、わたくしは王家や主流の貴族派閥から遠ざけられている貴族家に、中立を保つように『贈り物』をしておきますわ」

「帝国に協力してもらわなくていいの？」

「そこまでしたら国に対する裏切りになるので、従ってはもらえないでしょう。ですので『何もしないでいる』だけで十分ですわ」

「そうだな。内部で意見が分かれる状況ができるだけで十分だ」

「じゃあ『聖女』は？　あの子も日本人なんでしょ？　タダシと同じような知識があるんじゃない？」

そういえば、ミスミは『聖女』に会ったことがあるんだっけ。

「『聖女』になった子は普通の学生っぽかったし、知識があってもスキルはない。俺と同じような商品を用意することはできないはずだ」

「念のため『聖女』については、わたくしとエレーンで可能な限り情報を集めておきますわ」

「ありがとう。助かる」

今後の方針についての話し合いが終わった後、俺達はさらに王国に対する経済的な浸食――侵略を進めた。

辺境伯家の全面的なバックアップもあり、手を貸してくれる商会の数も増え、行商人レベルの小規模取引まで行ったこともあって、クッド王国からは硬貨だけでなく、武器や防具、金属などが流出し続けている。

「タダシ、クッド王国全域に、武器や防具、馬を販売したり譲渡することを禁止するとの布令が出たようよ」

「白パンや酒、はちみつなどの贅沢品も、平民が購入することを制限するそうですわ」

「さすがに気付いたか。とはいえ、思っていたよりも反応が遅かったな……まあ、あの国は上層部が腐っているし、能吏《のうり》は冷遇されていそうだから、こんなものか」

「でも、これでは今までと同じような商売はできなくなるわね」

「ターゲット層の変更をしよう。下級貴族や平民の中でも富裕層に、今までよりも少し良いものを、それなりの高値で売るんだ」

「……販売数や売上がガクっと落ちるわね」

「それは構わないよ。それと、平民相手には闇取引という形で可能な限り、今までと同じように商売を続ける感じで」

「わかったわ。商会のとりまとめは私に任せて」

「では、わたくしは貴族と話をしておきますわ」

「ねえ、ボクは？　護衛以外に何かすることない？」

エレーンとパーチェが積極的に動いているなか、自分だけやることがないと感じているのかもしれない。

「ミスミはいつも俺のそばにいてくれるだろ？　それだけで十分だよ」

「ボクは十分だと思ってないから。ねーねー、本当に何もないの？」

「んー。だったら、エルフ達に確認をしてもらいたいんだけれど、戦争になったらエルフ達が帝国に味方すると噂を流してもいいか？」

「噂じゃなくて事実だからかまわないよー」

「……事実って？」

「タダシを奪おうだなんてヤツらを、ボク達が放っておくわけないでしょ。もしものときはクッド王国をどうやって滅ぼすか、みんなが相談してたよ？」

「あ、ああ。気持ちは嬉しいよ。あとで日本の食い物や酒、商品なんかをたっぷりと送っておく。ただ、俺が助けを求めるまでは手出しはしないでほしいと伝えておいてくれ」

「ええ〜」

ミスミは不満げに頬を膨らませる。

そうだった。この世界のエルフは戦闘民族だった。しかも、かつて僅かな人数で王国の子爵家を滅ぼした十分な実績もある。

ここで止めないと本当に王国を武力で滅ぼしかねない。

「同郷の勇者エーサクが最期まで世話になったのに、俺のせいでエルフがひとりでも欠けるようなことがあったら顔向けできないからな」

「戦えば、傷つき死ぬのは当然だけど？」

「それはわかっている。でも、嫌なんだよ」

「んー。わかった。じゃあ、タダシの身に危険がない間は我慢しておくように言っておく」

「ありがとう、ミスミ」

「……とりあえず、必要な話は終わりかしら？」

「動き始めたら色々と問題が出てくると思うけれど、今はこれくらいかな」

「ねえ、タダシ。ホールのケーキが欲しい。チーズケーキと、チョコレートケーキ」

ねだられたものを『等価交換』して、ミスミに手渡す。

「ありがとう。ひとりでゆっくりと味わいたいから、ボクは部屋に戻る」

「明日から忙しくなるでしょうから、私も休ませてもらうわね。お休みなさい、タダシ」

ミスミに続いて、エレーンも部屋を出て行った。

パーチェだけが残り、ふたりきりとなった。ここまでされれば、俺だってわかる。

「今晩はパーチェとふたりきりってことかな？」

「ええ。ふたりにお願いしましたの。戦争になれば、ミスミはあなたと共にいるでしょうし、エレーンも会いに行くことはできますわ。でも、わたくしはここ——辺境伯領の家から動くわけにいきませんもの」

戦争に絶対はない。死ぬ可能性はゼロではないのだ。

「だから、今日は無理を言って、ふたりきりにしてもらいましたの」

そう言って、俺に抱きついてくる。

俺を見上げる瞳は不安に揺れ、彼女の体は小さく震えていた。

パーチェはいつも貴族の令嬢に相応しい振る舞いをしていた。だから、彼女の抱える不安に気付かなかった。

「パーチェ、その……必ず戻ってくる。約束するよ」

「……信じています。そして、あなたが無事に帰ってきたら、どのような恥ずかしい格好をしろと言われても、喜んで受け入れますわ」

「へ……？」

こっちの世界だと、そんな約束をするのが普通なのだろうか。でも、エレーンやミスミはそんなことを言ってなかったはず。

「ええと、それはどういう意味なんだ……？」

「日本ですと、戦いから無事に戻って来たら、夫が望む格好をして労《いたわ》るのでしょう？」

「うん、ちょっと待とうか。なんでそんな話になるのかな？」

「勇者エーサクが戦場へ行くとき、妻達とそのような約束を交わしたそうですわ」

「勇者エーサク……またか、またやらかしてくれているのか……」

「え？　あの？　こすぷれ？　というのでしょう？　日本の風習ではありませんの？」

「うん、まったく違う。そんな風習はない。そもそも、コスプレは、そんな悲壮な決意をしてするようなものじゃないから」

「で、では……その……」

顔を真っ赤にして、落ち着きなく視線を左右に揺らしている。

「もしかして、まだ他にも何かあるとか……？」

パーチェは逡巡の後、無言のまま服を脱いでいく。

「え……？」

下着姿になった彼女を見て、思わず驚きの声が漏れる。

枠だけで構成され、胸を隠すどころか強調するだけのヒモっぽいブラジャーに、ガータベルト、穿いているパンツは布面積の小さな、かなり際どいものだ。

俺は言葉を失ったまま、パーチェを見つめる。

「このような下着を身に着ける必要もなかったのかしら……？」

パーチェは先ほどとは違う種類の不安そうな表情で、俺の顔をのぞきこんでくる。

「ずいぶんと大胆というか、エロい格好をしてるけど、それは……？」

パーチェだけでなく、エレーンもミスミも日常的に日本の下着を身に着けている。

なので彼女達に求められ、色々なデザインの下着を『等価交換』しているが、パーチェが身に着けているようなエロ下着に覚えはない。

「勇者エーサクの妻達が残した話を参考に、ミスミやエレーンとも相談して、エルフの職人に作ってもらいましたの」

「それも、コスプレと同じような話があるのかな？」

「え、ええ。勇者エーサクはこのような格好をした妻を前に、何があっても戻ってくると誓ったと……」

「それ、エロいことをしたいからって言葉が抜けてるんじゃないか？　エーサクの趣味はかなり偏っているから、参考にするときは俺に相談してくれ」

「……それほど偏っていますの？」

「ああ」

「この下着、恥ずかしいのに耐えて着ましたのに……必要はなかったんですのね」

徒労であったことを知り、さすがにがっくりとしている。

「俺を思ってそこまでしてくれたんだろ？　その気持ちはすごく嬉しいよ。それに、その格好も魅力的だよ」

「……慰めは不要ですわ」

「慰めるためだけじゃないよ」

俺はパーチェを抱き寄せ、唇を重ねた。

途中からおかしな方向に話が逸れたが、パーチェが俺——夫を戦場に送り出すことに不安を覚えていたことに違いはない。

だから、彼女を安心させるように、不安を忘れるくらいに激しく、キスを交わす。

「んっ♥　ちゅ、んっ♥　は、あ……タダシ……んんっ♥　はむ、んっ♥　んっ♥」

最初こそ戸惑いの色があったが、俺の求めに応じて、伸ばした舌と舌を戯れ合わせるように重ね、舐め、絡ませてくる。

「ん、ふぁ……」

俺を見つめる瞳は蕩け、軽く息を弾ませている。

「先ほどから気になっていたのですけれど……タダシのここ、ずいぶんと大きくなっているみたいですわ」

そう言って、俺の股間を撫でてくる。

「こんなに硬くして……エーサクの趣味は偏っているのではなかったのかしら？」

「……俺もエーサクも大して違いはないってことだな」

開き直ってそう言いながら、彼女の胸に触れ、円を描くように撫で、硬くなっている淡い桜色の先端を優しく刺激する。

「あ、ん……では、恥ずかしい思いをして、このような格好をした意味もあったようですわね」

「……たしかに、意地でも無事に帰って来てやるって気分になるな」

「ふふっ。では、続きは戻ってきてからにします？」

そう言うと、からかうような笑みを向けてくる。

「パーチェはそれでいいの？」

「え……？」

胸への愛撫を続けながら、空いた手で股間に手を伸ばす。

「あっ!?　いきなり、そこは……んんっ♥」

パンツ越しにもわかるほど、湿り気を帯びていた。

「まだ触ってもいないのに、ずいぶん濡れているみたいだな。恥ずかしい下着姿を見られて、興奮したのかな？」

「ち、ちが……」

パンツを横にずらして指を挿入すると、入り口付近を刺激するように浅く出し入れをする。

「んっ、んっ♥　ん……は、あ、あ、んっ♥」

艶を含んだ吐息を漏らし、腰を小さくくねらせる。

「……ここでやめる？」

「はあ、はあ……わたくしとふたりきりのときのタダシは、少しいじわるですわ」

「そうかもしれないな。でも、パーチェはそうされるほうがいいんじゃないか？」

「そ、そんなこと……ありませんわ」

俺の視線から逃れるように目を逸らし、弱々しく否定する。

「本当にそうなのか、確かめてみようか」

彼女を抱き上げ、ベッドへと向かう。

今までにも何度かこうして運ぶことがあった。だから、パーチェは素直に俺に身を任せてくれる。

壊れ物を扱うように優しくパーチェをベッドに横たえる。

「タダシ……？」

俺の態度の変化に戸惑っているようだ。

「それじゃ…………いじわるの続きを、しようか」

「え……？」

驚いているパーチェの穿いているパンツに指をかけ、一気に引き下ろす。

「な、なにを……」

抵抗する間を与えず、パーチェの足――太ももを両手でしっかりと抱きかかえて持ち上げる。

大きく足を開き、恥ずかしいところを隠すことなく晒している。

「な、あ……あ、や、やめ……」

自分のしている格好に気づき、パーチェが顔を真っ赤に染める。

貴族の令嬢らしからぬ大胆な下着を身に着け、普通の女性であっても恥ずかしがるような格好をさせられているのだ。

「パーチェのおまんこ、ぐちょぐちょに濡れてひくついてるの、ぜんぶ見えてるぞ？」

そんな彼女に、あえて卑猥な言葉を使って追い打ちをかける。

「あ、あ……タダシ、い、いや……こんな恥ずかしい格好……いじわる、しないでください……」

震える声で抗議しながらも、パーチェはぞくぞくと体を震わせる。

「でも、興奮している……もっとしてほしくなってるんじゃないか？」

尋ねながら秘裂にそって指を前後させると、くちゅくちゅと淫らな水音を奏でる。

「んっ♥　んっ♥　あ……あ……あ、ふっ♥　はあ、はあ……んんっ♥」

端麗な顔を蕩けさせ、甘く喘ぎながらも、パーチェは答えない。

「パーチェが嫌だって、もうしないでって言うのなら、やめるよ？　でも、そうじゃないのなら……素直になって、どうしてほしいのか言ってほしい」

膣に挿入している指を鈎状に曲げ、パーチェの弱い場所を引っ掻くように擦りあげる。

「あ、あ、あ、あ♥　だめ、ですわ……だめ……今、そんなふうにされたら……んんっ♥」

「されたら？」

「気持ちよく、なってしまいますの……恥ずかしいのに、いじわるされてるのに……体、熱くなって、感じて……欲しく、なってしまいますのっ」

「何が欲しいの？」

「わ、わたくしのここ……おまんこに、タダシのおちんぽを……入れて、ください……♥」

「……わかった」

俺は一も二もなく頷くと、ヘソまで反り返っている肉棒を掴んで彼女の中——おまんこへと挿入していく。

「あ………んっ♥　熱いのが、入って……ん、うっ♥　あはあああああっ♥」

入れただけで軽く達したのか、喘ぎながら全身を大きく波打たせる。

「このまま、するな」

イッたばかり……いや、イっている最中のパーチェを容赦なく責めたてていく。

「あ、あ、タダシ……わたくし、イキましたわ…………ひあっ!?　あ、あーっ♥　まだ、イってますの。だから……んんんっ♥」

感じすぎて苦しいのか、パーチェは眉をしかめて訴える。だが俺は容赦することなく腰を密着させ、より深くペニスを挿入する。

「ひ、あ、あ、あああぁ……♥」

包皮から顔を出しているクリトリスに親指の腹を押し付け、円を描くように転がす。

「んあああっ♥　あ、ああっ♥　今、そこ……弄らないでくださ……感じすぎてしまいます……あ、あああっ♥　んあああぁんっ♥」

絶頂直後でふわふわとしていたおまんこが、再びきゅっと収縮してチンポを締め付けてくる。

充血した膣襞《ちつひだ》と亀頭が擦れ、熱い快感を生み出す。

「く……!」

思わず声が漏れるくらいに、強烈な刺激。

これが彼女とする最後のセックスになるかもしれないだなんて、思ってはいない。かならず無事に戻ってくるつもりでいる。

だが、心のどこかで死を意識しているのだろうか。それでこれほど昂ぶっているのだろうか。

俺は湧き上がってくる衝動のまま、パーチェを求める。

彼女との繋がりを、温もりを感じるため、入り口から奥まで余すところなくペニスを行き来させる。

腰を密着させるほど深く挿入し、抜ける直前まで腰を引く。

「はあっ、はあっ、あっ、あっ♥ い、いいいっ……あ、あああっ♥ タダシ、わたくし、いきそ……です。いくっ……んんっ♥」

全身をくねらせ、甘くよがりながら、パーチェが絶頂へと向かっていく。

「はっ、はっ、ひうっ♥ んくっ♥ あ、はっ、はっ♥ あ、あっ♥」

切羽詰まった喘ぎ声をあげながら、体をよじり、腰を震わせ、淫らに、激しくよがる。

「パーチェ、もう少しだけ……俺も、もう……いくっ」

「ああ……♥ いっしょ……いっしょに……タダシ、わたくしといっしょにぃ……」

俺達はただ夢中に腰を使う。

深く、深く、深く。繋がって、融け合って、一つになっていくような悦びが全身を満たし――。

「パーチェ………!!」

ビュグウウウウゥウゥウッゥウ!! ドピュルウウウウッ! ビュグブピュウウッ!!

「は、ひうっ!? あ♥ あ♥ あああああああああああああああああああああっ♥」

俺の射精と共に、パーチェが絶頂を迎えた。

あれから数日、クッド王国が帝国に対して宣戦布告をしてきたそうだ。

「追い詰めすぎたか……？」

「いえ、影響は無視できないとは思うけど、戦争に踏み切るにしても判断が早いんじゃないかしら？」

「本当かどうかはわかりませんが、『聖女』さまの強い希望があるという噂がありますわね」

「ああ……なるほど。たぶんだけど、ただの噂ってだけじゃないだろうな」

たしかに俺――カネマツ商会の扱っている商品は、こちらの世界の人間には魅力的だろう。

いくら『聖女』として丁重に扱われていても、日本のＪＫだった彼女にとって、こちらの生活は不満だらけだろう。

そんな状況の中で『日本の商品』を手に入れている人間がいると知ったら？

どうにかして手にいれようとするだろう。

それに、俺が向こうの世界の物ならどんなものでも、手に入れることができると考えていたら？

武器や兵器などを得て、武力の強化に使えると考えるかもしれない。

「だとしても……国力はクッド王国よりザピ帝国のほうが上だよな？　なのに戦争に踏み切るなんて、ずいぶんと強気の姿勢だな」

「戦争となって正面から当たれば帝国が勝つでしょうね。それとも何か切り札でも手に入れたのかしら？」

「『聖女』様の大規模な奇跡があるから、戦場で多少の怪我を負ってもすぐに治してもらえると、喧伝しているようですわ」

首を捻るエレーンにパーチェが答える。たしかに『聖女』と言われるようなスキルがあれば、それくらいのことはできそうだ。

「うーん……だとしても『聖女』が戦場に出てくるとは思えないけどな」

「ボクもそう思うー」

俺の意見にミスミが賛同する。

「ふたりとも、どうしてそう思いますの？」

「そういう性格っぽかったから？」

「ほとんど話をしてないけど、誰かのために何かをするってタイプには思えなかったからな」

「だったら『聖女』が戦場に来るというのは嘘だと噂を流しておきましょうか」

「効果がありそうだな。もっとも、そこまでしなくても、お義父上の話じゃ王国は兵を集めるのに苦労しているらしいけど」

「国境に近いところほど、帝国――カネマツ商会の影響が強いわ。正規の軍ならともかく、傭兵も集まらないでしょうね」

「そのような状況で戦争を強行するつもりですの？　考えられませんわ」

苦笑するエレーンの言葉を受け、パーチェは呆れたように溜め息を吐く。

「お義父上の予想だと、辺境伯軍相手にひと当てして、王国の力を示した後、俺を引き渡すように要求をしてくるつもりじゃないかって」

たしかに、国に損害が出るくらいなら、どこの馬の骨かもわからない人間をひとり、差し出したほうが良いだろう。

だがそれは少し前までの話だ。今の俺は帝国の法服子爵であり、辺境伯家の娘婿だ。

辺境伯の敵対派閥や、俺の『等価交換』の恩恵《おんけい》に与《あずか》っていない貴族からは、とっとと王国に引き渡してしまえという意見もあったようだが、自国の貴族を見捨てるようでは、王は信頼を失う。

それに、他国の要求に簡単に屈するような弱腰の姿勢を見せれば、今後も同じようなことをくり返されるだろう。

そのためにも、今回の戦争は絶対に負けるわけにはいかない。

やるからには勝利するしかない。たとえ、王国の人間を多数殺すことになるとしても。

そんな悲壮な決意までしていたのだが……。

戦争が始まってから十日。辺境伯家がほとんど無傷で王国側を退け、勝利を収めた。

その後、帝都で行われた論功行賞では、俺に褒美を——なんて話も出たそうだが、今回の戦争についていえば、そもそも俺が原因と言えなくもない。

王族や他の貴族への配慮もあって、俺に対する褒美については、全て返上した。

お義父上――辺境伯は、多額の金貨と辺境伯領に隣接している王国側の土地を与えられることになった。

帝国、王国、どちらから見ても辺境の地。その上住んでいる人間は王国人。

面倒なだけな土地を押し付けられたとも言えるが、数ヶ月前からカネマツ商会がじわじわと手を広げていた土地だ。

仕事を与え、王国よりも満たされた暮らしをさせてやれば帝国への帰属意識も高まるだろう。

面倒ごとを終え、やっと一息ついた。とはいえ、まだやらなくちゃいけないことは山積みだ。処理しても処理しても終わらず、日々案件が増え続ける。

……なんだか、こちらに召還される前につとめていた、ブラック企業に勤めていた頃のことを思い出してしまう。

「ただいま」

「おかえり、タダシ」

久し振りに我が家に戻った俺を出迎えてくれたのは、ミスミひとりだけだった。エレーンは商会関係で、パーチェは貴族絡みで忙しくしているのだろう。

部屋に戻ってきた俺は、三人がけのソファに身を投げ出すように横たわる。

「タダシ、疲れてる？」

「まあ……疲れてるな」

「戦争の後始末なんて、国の上の人達に丸投げしちゃえばいいんじゃない？」

「そうしたいとこだけど……原因となった人間としては、そういうわけにはいかないだろ？」

「タダシ、うぬぼれすぎ」

「え……？」

「悪いのは王国。タダシを無理やりこちらの世界に喚んで、都合よく利用しようとした上、戦争を吹っかけてきた。帝国が戦ったのは、そうすることにメリットがあると考えたから。どちらもタダシが気にすることじゃない」

「……そうだな。でも、簡単に割り切れないよ」

「だったら、タダシひとりが背負おうとしないで。ボク達が一緒にいる。エレーンもパーチェもきっと同じことを言う」

「……ありがとう。少し気持ちが楽になったよ」

「タダシは悩みすぎ。余計なことを考えなくて良くなるようにしてあげる」

俺の手を取ると、そのまま寝室へ向かう。

「ミスミ……？」

「ボクに身を任せて、天井の染みを数えているだけでいい」

「ふはっ。それ、前にも言ってたな」

噴き出しながら、懐かしく思い出す。

「前はできなかったから、今日は本当にする」

「え……？」

気付いたときにはベッドに押し倒されていた。

「タダシは何もしなくていい」

やや強引に、けれども優しくキスをされる。触れた唇からミスミの気持ちが伝わってくるようだった。

唇だけでなく、顔にキスの雨を降らせながら、ミスミが俺の服を脱がしていく。

「……自分がされる側になると、ちょっと不思議な気分になるな」

「そう？　ボクは……ちょっと楽しくなってきた」

くすりと笑うと、ミスミは俺が彼女としてきたことを再現するように、手の平を使って胸を撫でてくる。

「……男のおっぱいは触っていてもあまり楽しくない」

「たしかに、触るなら柔らかいほうがいいよな」

「うん。だから、舐めてあげる」

どういう理屈での『だから』なのかはわからないが、ミスミは俺の胸にキスをし、乳輪をなぞるように舌を這わせてくる。

「舐められると、くすぐったいな……」

「慣れたら気持ちよくなる。それに……乳首、硬くなってきた」

唾液をたっぷりと含ませた舌を押し付け、ぬるぬると舐め回してくる。

「う……」

ぞくっとした。たしかにくすぐったいだけじゃなく、少し気持ちいいかもしれない。

「感じた？　もっとするね」

俺が反応したことが嬉しかったのか、熱を入れて胸を愛撫してくる。

「れろ、れる……ちゅ、んちゅ、れる……れろろっ、ぴちゃ、れる……あ。タダシの、おっきくなってきた……」

「ミスミにこんなことされたら、そうなるって」

「こっちも、舐める？」

胸からヘソへ、そしてそのまま股間に舌を這わせて——。

ガチャ、と寝室のドアが開いた。

「タダシ——あら？」

入ってきたのはパーチェだった。ベッドの上にいる俺達を見て、軽く目を見開く。

「おかえり、パーチェ」

「え、ええ。ただいま戻りましたわ。それで、何をしていますの？」

「タダシの疲れを癒やしてた。パーチェもする？」

「そうですわね……わたくしも、ご一緒させてもらいますわ。エレーンは？」

「まだ仕事」

「では、エレーンは次のときに優先してもらいましょう」

「ん」

「……えーと、俺の意見は？」

「もちろん、尊重しますわよ？　でも、ミスミとわたくしの気持ちをムゲにするような旦那さまではないと、信じていますわ」

「……よろしく、お願いします」

そう答えるしかないだろう。


「俺を慰めてくれるって話だったのが……どうして、こうなったんだ？」

俺は頭の中いっぱいに浮かんでいる疑問を口に出す。

「タダシは……んんっ♥　はあ、はあ……天井の染みを、数えていればいいって言った……んっ、んっ♥　は、あ……」

俺の腰の上に跨がり、肉竿に秘裂を押し付けるように腰を前後させている。

たしかにミスミだけならそうだろう。

「これだと、何も見えないんだけど……」

パーチェは俺の頭を跨き、顔の上に腰を下ろしている。

「エレーンも呼んで、タダシの頭をおっぱいで包んだほうが良かった？」

「……それも、今こうしているのも、どちらも勇者エーサクが関わってそうな気がするな」

「うん。エーサクがエルフの里で――」

「いや、説明は求めてないから」

「そう？」

ミスミが残念そうな声を漏らす。

「タダシ、もしかして……これも、あの下着と同じですの？」

勘違いで身に着けてたエロ下着のことを思い出しているのだろう。パーチェは恥ずかしげに聞いてくる。

「そう、感想を聞きたかった。タダシ、どうだった？」

「すごくエロくて興奮したぞ」

「よかったね。パーチェ……あ、でもそれなら、ボクとエレーンの分も作ろうか」

「それは楽しみって……今はそういう話じゃないよな？」

ミスミ相手だと、どうにもペースをつかめない。

「パーチェ、タダシはどんなエッチなことでも喜んで受け入れてくれる」

「ほ、本当に……？」

「タダシは好きじゃない？　やめてほしい？」

俺にそう尋ねながら、ミスミが腰を左右にくねらせる。

「う……」

素股状態で肉竿を刺激され、思わず声が漏れる。

あいかわらず、エロいことについては勇者エーサクの悪影響というか、ズレている感じではあるが、ふたりが厚意からしてくれているのはわかる。

それに、ふたりがかりで責められるというシチュエーションに興奮している自分がいる。

「嫌じゃないなら続けるけど、どうする？」

「……嫌じゃ、ないかもしれないような気がしなくもない」

「ど、どっちですのっ!?」

「パーチェ、タダシは嬉しくて気持ちいいから、もっとしてほしいと言ってる」

「そ、そうなんですの？」

「うん」

「見事なくらいな曲解だな」

「パーチェ、ふたりでもっとタダシにご奉仕する」

「え、ええ。わかりましたわ」

どうやら俺の意見は黙殺されたか却下されたようだ。

「それじゃ……まずは、ボクからするね」

そう言って腰を軽くあげてペニスを掴み、おまんこに挿入していく。

「ふぅ、ふぅ……は♥　あ……んっ♥　タダシの……奥まで、届く……んんんっ」

腰と腰が密着するまで深く、しっかりと繋がる。

「全部、入った……」

熱い……。

キツく締め付けながらもうねり、肉竿全体を刺激してくる。

「そうしたら、ゆっくりと動く」

最初は前後しながら、少しずつ左右や、上下の動きを加えていく。

「はっ、はっ♥　んあっ♥　あ、は……はあ、はあ……んっ♥　あっ♥」

「ミスミ、とても気持ちよさそうですわ……」

「うん。すごく気持ちいい……パーチェも同じようにして」

「え？　その……しなければいけませんの？」

パーチェは、クンニの経験はある。けれどそれは、俺に一方的に責められるだけだった。顔に跨がり、自分から秘所を擦りつけるなんて、彼女にとってはハードルが高く、羞恥もより大きいだろう。躊躇うのも当然だ。

「そうするほうがタダシが喜ぶ」

「わ、わかりましたわ。それなら……ふっ、んんっ♥　あ……んんっ♥」

ミスミを真似て腰を使うが、羞恥が勝っているのか動きは小さい。

「もっと激しくする」

「んあっ♥　あ……ご、ごめんなさい、タダシ」

そう言いながらもパーチェの腰の動きがだんだんと大胆なものへとなっていく。

「はっ、はっ、あ、や……♥　こんなこと、して……こんな恥ずかしいこと、しているのに……あ、あっ♥」

吐息が艶を帯び、おまんこから愛液が滲む。

秘唇が俺の鼻先や唇に触れる刺激だけでなく、恥ずかしい行為をしていることに興奮と快感を得ているようだ。

「あ、あの……タダシ、大丈夫ですの？」

「もちろんだ」

「男性の方に、このようなことをさせるだなんて、とても悪いことをしているようで……」

「ん。大丈夫。タダシも喜んでいる」

「どうしてわかりますの？」

「パーチェがお尻を動かすと、ボクの中に入ってるおちんちんがビクビクってなってるから」

「それは……」

なんだか、少し呆れられてしまったような気がする。

「今は、タダシを癒やして喜ばせることが大切。そのためにも、パーチェももっとやる気を出すべき」

「気分って……どうすればいいんですの？」

「服をこうしてはだけて……おっぱいを出す」

「きゃあっ!?」

俺の顔に乗っているお尻が小さく跳ねる。

「ミ、ミスミっ、いきなり何をしますの！　女同士でも、して良いことといけないことがありますわよ？」

「大丈夫。パーチェのおっぱいはエレーンほどじゃないけどおっきくて綺麗」

「そ、そういうことではなくて……」

「タダシ、努力が足りない。パーチェがそんなことを気にする余裕がなくなるくらい、気持ちよくしてあげて」

俺は彼女の言葉に応えるように、舌を伸ばす。

「ふあぁっ!?」

可愛らしい悲鳴を上げ、腰を浮かす。だが俺は彼女の太ももに腕を回し、離れた分だけ股間に顔を寄せる。

唾液をたっぷりと舌に乗せ、秘唇を押し開くようにべろりと舐めあげ、尿道口をほじるように刺激する。

「あっ、ふああっ、んああぁぁあっ♥ いきなり、そんな……あっ、あっ、舐めるなんて……はっ♥んんんんっ♥」

やはり責めるよりも責められるほうが好きなのだろう。

充血した陰唇に唇を這わせ、割れ目を押し広げるように舐めあげる。とろとろと溢れてくる愛液を、わざと音を立てて啜りあげる。

「あっ♥ あっ♥ だ、だめですわっ。タダシ、離してくださ……んんっ♥ 足、離して……あ、ああっ♥」

腰を浮かそうとするパーチェを許さず、さらに激しく舌を動かす。

「はっ、はっ、あ…………いっ、いくっ、いく……あ、ああ……ミスミ、わたくし……先に……」

「ん。ボクも手伝うね」

「ち、違いますっ。タダシを止め……んくううっ♥」

びくっ、びくっと腰が震える。

「やっぱり、おっぱいを触るなら、女の子相手のほうが楽しい」

どうやら、ミスミがパーチェの胸を責めているらしい。

「んっ♥ んっ♥ は、あ……そんなふうに、触られると……んあっ♥ ミスミ、だめ、ですわ……今は……あ、あ、あっ♥ あ、は……♥」

「パーチェ、ボクのおっぱいも触って？」

「はあ、はあ……あ……こ、こうですの……？」

「うん……いい感じ……気持ちいい。パーチェの好きなようにさわって。ボクも、同じようにするから」

どうやらお互いに胸を愛撫しあっているようだ。この体勢では見ることができないのが残念でならない。

……よし、今度三人でするときにはじっくりと見せてもらおう。

「タダシも……もっとパーチェを気持ちよくしてあげて」

上のことが気になって、舌の動きが止まっていた。

俺はクンニを再開する。

今度は舐めるだけでなく、舌を尖らせるようにして膣へと挿入する。

「はああっ!? 入って……あ、あっ、動かしたら、だめ、ですわ……ぬるぬるって、中で、動いて……あ、あーっ♥」

挿入した舌をぐりぐりと動かし、滲み出てくる愛液を啜りあげる。

「は……あ、もう、もうっ……あ、ひっ!? ふああああぁぁっ♥」

一際大きな喘ぎ声と共に、ぷしっ、ぷしっと潮が勢いよく噴き出す。熱い迸りが俺の顔を濡らしていく。

「はあっ♥ はあっ♥ は…………あ、ふ…………はぁ……♥」

すっかり腰が抜けてしまったのか、パーチェはうまく動けないようだ。

「ん……次は、ボクがタダシを気持ちよくする」

宣言するように言うと、ミスミは腰を大胆に、そして激しく使い始める。

「んっ♥ んっ♥ はあ、はあ♥ あ、は…………ボクのおまんこで、おちんちん気持ちよくなって……んっ♥ んあっ♥」

熱く濡れた膣道が肉竿をしっかりと締め付けながらうねり、扱きあげてくる。

股間……いや、腰から下が蕩けてしまうような快感に、体が震える。

「はあ、はあ……んっ♥ わ、わたくしも……手伝いますわ……んんっ♥」

俺の反応に気付いたのか、まだ余韻が引いていないだろうに、パーチェは手を伸ばし、俺の胸を手の平でゆっくりと撫で回し、乳首を転がすように刺激してくる。

ふたりがかりに責められて昂ぶり、たまらない快感と悦びが俺の心と体を満たし、今にも溢れだしてしまいそうになる。

「んあっ♥　あっ♥　あっ♥　ん……タダシのおちんちん、びくびくしてる……イキそうなのかな？　いいよ、しゃせーして、いっぱい、出して……！」

ちゅぶっ、ちゅぶっと、粘り気のある淫音が響き、目で見なくても、ミスミが大胆に、激しく、腰を振りたくっているのがわかる。

亀頭を擦られ、裏筋を舐るように刺激され、カリ首を擦りあげられ、竿を扱かれる。

「タダシ、いつでも、いいから……イキたいとき、出して……んっ♥　あっ♥　んふっ♥　はあ、はあ、んんっ♥」

おまんこからペニスが抜けそうなほど高い位置から、一気にお尻を下ろしてくる。

「う、くあ……ミスミ……！！」

ビュウウウウッ!!　ビュルルルッ！　ビュグウウウウっ!!

「んああああああああああああああああああああああっ♥♥」

俺が射精するのと同時に、ミスミも達した。

深く繋がったまま、ミスミは最後の一滴まで全てを受け止めていく。

しばらく、心地の良い余韻に身を浸していると、パーチェがもじもじと腰を捩《よじ》る。

「どうしたの、パーチェ」

「あ、あの……次は、わたくしと場所を交代してもらえます？」

「うん、いいよ」

……どうやら一回で終わりというわけにはいかないようだ。


翌日、いつものように商会で仕事中、王国の大手商会からカネマツ商会へ手紙が届いた。

長々と色々と書かれていたが、端的に言うと『ウチの下に入って言うことを聞け』ということだ。

「なあ、エレーン。この商会のこと知ってるか？」

「クッド国でも上位のところね。たしか、現宰相の三男か四男が会頭をしているはずよ」

「よし、潰そう」

「はいはい。じゃあ、情報を集めておくわね」

「手間をかけて悪いけど、頼む。それにしても、戦争に負けたんだから、大人しくしてればいいものを……」

戦争が終わって王国の連中は安心しているかもしれないが、俺は聖人君子じゃないので、しっかりと恨みは晴らさせてもらうつもりだ。

召喚したとき、あの場にいたような腐った連中を綺麗に一掃してやる。そのためにも力が――財力が必要だ。

表立って、そして大々的に動くつもりはないが、これまでやってきたことは継続する。

王家や貴族の力を削ぎ、クッド王国の商会を傘下に抑え、重要な部署に息のかかった人間を送りこむ。

経済的に侵略し、屈服させ、支配する。そうして、タイミングを見計らったところで帝国に介入してもらおう。

帝国は勇者エーサクの影響か、それともエルフ達の存在のおかげか、王国よりはかなりマシだ。

「……タダシ、自分が今すごく悪い顔をしているのわかってる？」

「そうか？　たしかに少しばかり悪いこと考えてたけど」

「その悪いことって、王国についてかしら？　まさかと思うけど、滅ぼしたりしないわよね？」

「さすがにそこまでするつもりはないよ」

「そこまでじゃないくらいには、色々するの？　だったら、みんなと一緒に手伝うよ？」

エレーンに続いて、ミスミが期待するように言う。

「ありがとう、ミスミ。でも、武力行使は最後の手段だな。王族や貴族連中にクズが多くても、普通に生きている人達に罪があるわけじゃないし、簡単に滅ぼしたら復讐にならないだろ？　それに、王国と国境を接しているナモン商業国や、クッド王国の東側にあるブルエッド公国、クスサン小国連合に対する盾として役立ってもらわないと」

「生かさず殺さず？」

「ああ。そのために忙しくなるようじゃ本末転倒だろ？　俺は復讐よりも、ほどほどに働いて、愛する妻達と幸せに暮らしたい」

「ほどほどってところがタダシらしいわね」

「というわけで、王国領の一部が辺境伯領に組み込まれることになったわけだし、何かあたらしい商売を考えようか」

「ほどほどって言ったばかりじゃない。せっかく忙しさから解放されたのに、自分から仕事を増やしてどうするのよ」

「何もしてないのは落ち着かないだろ？」

「その気持ちはわからなくもないけれどね」

エレーンは呆れながらも、俺の気持ちがわかるのか微笑《わら》っている。

「だったら、エルフのみんなも誘ってピクニックは？　王国の残党が百や千程度集まっても問題なく殲滅できるよ？」

「殲滅はともかく、エルフのみんなにはずっと護衛をしてもらっていたからな。気分転換にいいかもしれない。道具と飯は俺が用意するから、店の休日にみんなで一緒に行く――」

ノックの後、すぐにドアが開くと、パーチェが部屋に入ってきた。

「どうしたんだ、パーチェ」

「タダシ、面倒ごとですわ。お父様のところへ一緒に来てもらえますか？」

せっかく楽しい計画を立てていたのだ。聞かなかったことにしたい。けれど、そんなわけにもいかないか。

「わかった。すぐに行こう」

「……来たか」

俺達を出迎えたお義父上の眉間には深い皺が寄り、疲れた顔をしていた。

「なんでも面倒ごとだそうですが……」

「急ぎ、パーチェと共に帝都へ向かってもらえるか？」

辺境伯領から帝都まで、飛竜を使っても片道一週間ほど。往復で二週間はかかる。戦争の論功行賞が行われたのが約一カ月前だから、スケジュール的にも不可能ではない……が、さすがに無茶が過ぎないか？

王国とは違って、帝国では自由に過ごせると思っていたのだが、これでは約束が違う。

戦争が終わったばかりだというのに、そんなことを言い出すようなバカがいるのならば、他の国に行くか？

そんな不満をどうにか押し殺しながら、俺はお義父上――辺境伯閣下に尋ねた。

「私が帝都へ行かねばならない理由を、お聞かせいただけますか？」

「『聖女』が久し振りに会って話をしたいそうだ」

「あの女と話すことなんて何もありませんよ？」

聞いた瞬間、俺は反射的にそう答えていた。

「ふむ。『聖女』はタダシと親しい人間であると主張しているそうだが？」

「嘘ですね。あちらの世界で自死に巻きこんだだけでなく、召還後に自分が『聖女』として認められたら、俺をあっさりと切り捨てましたから」

「まあ、そんなところだとは思ったが、それでも『聖女』である以上、帝国としてもムゲにもできなくてな」

「……わかりました。準備を整え次第、帝都に向かいます」

「……すまんな」

「いえ……謝るのはこちらです。でも、なんで『聖女』が帝都に？」

「クッド王国と帝国の間に誤解があり、今回の『悲しいすれ違い』が起きたことへの謝罪のために。そして両国の恒久的な平和の証のためだそうだ」

「お父様、よろしいでしょうか？」

「なんだ？」

「そのような虚言を受け入れたのですか？」

パーチェが呆れたように言う。

「異世界——日本からやってきた『聖女』が自ら帝都へ来るのだ。こちらとしては拒否するのも難しい」

「勇者エーサクの影響もあるでしょうし、そうなるでしょうね」

俺としては、エロ関連で色々とやらかしてくれたエーサクには文句の十や二十は言いたいところだが、彼が魔王を討伐し、人間同士や亜人相手の戦争を終わらせ、人々の暮らしのために尽力をしたことに違いはない。

粗雑には扱えないだろう。

その後も、頭の痛くなるような『聖女』様の話をたっぷりと聞かされ、俺はパーチェと共に自宅へと戻った。

「……ということで、俺とパーチェは明日から帝都に行くことになった」

「明日からって……帰ってきたばかりだというのに、ずいぶんと急な話ね」

エレーンがきょとんとした顔をしている。

「『聖女』が俺を連れて来いと騒いでいるらしい」

「ねえ、タダシ。どうして『聖女』が帝都にいるの？」

「なんか色々と理由を並べているみたいだけど、俺を呼べと騒いでるってことは、ほぼ間違いなく日本の製品目当てだろうな」

「うわぁ……」

エレーンだけでなく、ミスミも顔をしかめている。

「『聖女』はどうでもいいが、帝国——というか、お義父上には恩があるしな。ちょっと行ってくるよ」

「ボクも行く」

「面倒で不愉快な思いをするだけだと思うぞ？」

「それでも一緒に行くから」

「もちろん、私も行くわよ？」

ふたりとも引く気はなさそうだ。

「わかった。それじゃ、みんなで行こう」

嫌なことや面倒なことはとっととと終わらせるに限る。そうすれば、後は心穏やかに過ごせるからだ。

俺にとって『聖女』との話し合いはその程度のことでしかなかった。

だが、それは大きく裏切られることになった。

しばらく待たされた後、案内されたのは王族や高位貴族のみが使用する豪勢な部屋だった。

ソファに座ってお茶を飲んでいた『聖女』と、そのすぐ後ろに付き従うように女性神官がふたり。護衛なのか神官服姿の体格の良い四人の男達が立っていた。

「やっと来たのね。ずいぶんと遅かったじゃない」

手に持っていたお茶のカップをテーブルに置くと『聖女』が尊大に言い放った。

「……は？」

聞き間違いかと思った。

けれど、続く言葉がそうではないと証明をしてくれた。

「私がわざわざ王国から会いに来たのよ？　何日待たされたと思っているの？」

「『聖女』様、辺境伯領から帝都までは、飛竜を使っても七日かかるところを、わたくし達は連絡を受けて五日で参りました」

「それがどうしたの？　私は待たされたって言ってんだけど？　ねえ、あんた誰なの？」

「わたくしは、モニック辺境伯の娘、パーチェ・エフティ・モニックでございます」

「辺境伯？　なんでそんな程度の女がここにいるのよ」

怒りに目の前が赤く染まる。

だが、パーチェが俺の腕に手を添え、小さく頭を振る。

「パーチェは俺の妻だからだ」

「へえ……じゃあ、そっちのふたりも？」

俺とパーチェから一歩下がったところにいるエレーンとミスミを指差す。

「そうだ」

「うわ……異世界に来たからってハーレム？　キモっ」

「……話はそれだけか？　だったら帰らせてもらう」

「ちょ、ちょっと待ちなさいよっ」

「お前の言うことを聞く理由があるのか？」

「……はあ!?　私は『聖女』なのよ？　ちょっと変わったスキルを持ってるだけのあんたよりもずっと偉いの。身分の違いくらいわからないわけ？」

「帝国では関係のない話だな。『聖女』さまごっこがしたいのなら、クッド王国か宗教国家でやってろ」

吐き捨てるように言って、踵《きびす》を返す。

「ちょっと、そいつを止めて！　帰らせないでっ！」

ドアの前に立っているのは近衛騎士か。俺と『聖女』を交互に見て、困ったように眉根を寄せる。

俺は『聖女』と同じ異世界人。そして辺境伯の娘婿。さらに俺自身も子爵位を持っているのだ。強引に押しとどめることはできないのだろう。

「ちょ、ちょっと待ちなさいよっ。話があるの！　あんたにとっても良い話よっ」

『聖女』の声を無視し、妻達と共に部屋を後にする。

「待てって言ってるじゃない！　ねえ、待ちなさいよ！」

俺を追いかけてきたのか、『聖女』がいきなり腕を掴んできた。

「触るな」

腕を一振りして『聖女』を振り払う。

「なっ、なっ、あんた……私に、暴力を振るったわね……？」

キッと睨みつけてくる。

「だ、誰か来て！　こいつを捕まえて！」

大声で喚くが、やってきた騎士達は俺達を遠巻きに見ているだけだ。

「な、なんで？　『聖女』の私に暴力を振るったのよ？　そいつを捕まえなさいよっ」

先ほどとは違い、護衛らしき男達が俺に向かってくる。

だが次の瞬間——男達は四肢を投げ出すようにして、その場に崩れ落ちた。

「え？」

何が起きたのかわからないのだろう。『聖女』はきょとんとした顔をしている。

「安心していい。両手足をへし折っただけ。血は出ないようにしてある」

……さすがミスミだ。

「両手足をへし折った？　え？　あ、あんた……あたしに会いにきたエルフ……？」

ミスミはこくりと頷く。

「だ、だったら……そいつ、その男を止めなさいよっ」

「なぜ？」

「なぜって……何か困ったことがあるなら手を貸すって言ってたじゃないっ!!」

「エルフなんかに助けてもらうことはないと言った」

厚意の申し出を断るだけならともかく、エルフを『なんか』扱いしてたのか。そりゃ、ミスミも怒るな。

「あ、あのときと今は違うでしょ！」

「そう。だからもう助けない」

「どうして私の言うことを聞かないのよ!!」

「どうしてキミの言うこと聞かなくちゃいけないの？」

「何度も言わせないでッ！　私は『聖女』だって言ってんじゃない！」

もともと性格に問題がありそうなタイプだった。だが、ここまで酷くはなかったはずだ。

「なるほど。周りに『聖女』扱いされて、増長した阿呆ガキか」

「は？　なによ、それ。増長してんのはあんたのほうでしょっ！　だいたい、スキルがあるなら王国のために使いなさいよっ」

「どうして？」

「どうしてって……あんたがスキルを手にしたのは、王国のおかげじゃない！」

「俺はこの世界に喚んでくれとは頼んでいない」

「は……？」

「勝手に喚びだして役に立たなければ無能扱い。自由に行動する権利を奪い、働いた利益の8割を持っていく。そんなやつらのために何をしろと？」

「そ、それは……」

「まあ、あのクソ貴族達の相手をしているほうが、お前と話をするよりまだマシだなんて、思ってもみなかったが」

「タダシ。『聖女』のこと、どうする？」

「王国に送り返してもらって、二度と俺達に関わらないように行動に制限を付けてもらうか」

「さっきから何好き放題言ってんのよっ！　私は『聖女』なの！　あんた達の言うことよりも、私の言葉のほうが尊重されるんだから！」

「はあ……」

深い、溜め息が漏れる。

ここまでとは思わなかった。これでは帝国も、そしておそらく王国も持て余していたのだろう。

「しかたないな」

俺は『等価交換』でハンドガンを入手する。

「それって、拳銃よね？　何を……何をするつもり……？」

さあっと顔を青ざめさせる。

「何って、わかるだろ？　お前を殺すんだよ」

こちらの世界に来てから、俺は他人を殺めたことがなかったが……必要とあれば、実行に移すことに躊躇《ためら》いはない。

「わ、私にそんなことしたら……ただじゃ済まないわよっ!!」

「なあ、パーチェ」

「なにかしら？」

「『聖女』が事故死をしたら、帝国は困るか？」

「は？　え……？」

『聖女』は話について来られないようだ。

「問題にはなるでしょうけど、今なら王国側も強く出ることができないはずですわ」

「わかった。それじゃ全ての責任は俺が取る」

「ひっ!?　わ、私を……殺すつもり!?」

「忘れてないか？　最初に俺を殺そうとしたのはお前のほうだぞ？」

「あ、あれは、電車に飛びこもうとしたとき、足がもつれて、あんたに当たって……だから、わざとじゃない、わざとしたわけじゃない！」

「そうか」

「あ……」

「だが、お前が俺を電車の前に突き飛ばしたことは変わらないな」

「な、なんでよっ。なんで『聖女』の私がこんな……だ、誰か助けないさいよっ！　誰か来てっ！

こいつをどうにかしてっ!!」

「ねえ、タダシ。ちょっと待って」

ミスミが俺と『聖女』の間に割って入る。

「ミスミ……？」

「た、助けて……」

「ねえ、キミは向こうの世界で辛いことがあったの？」

「え……？」

ミスミの問いかけに『聖女』がきょとんとした顔をする。

「自分から死を選ぼうとしたんだよね？」

「あ、あれは……あいつらが、悪いの……私のことをバカにして、嫌がらせして……」

何も知らなければ、彼女は被害者だと思ったかもしれない。

だが、今の姿を見れば、こいつ自身に大きな問題があったのだろう。

「そうなんだ。じゃあ、日本からこっちに来て嬉しかったんだね」

「な、何が言いたいのよ……何の話をしてるわけ……？　わ、私を殺そうとしているやつがいるのに、今はそんなこと話してる場合じゃないでしょっ!!」

「ううん、とても大切な話だよ。だから、あと一つ、質問に答えて。キミは日本の物に囲まれて生活したい？　便利な道具を使って、美味しいご飯を食べたい？」

「あ、当たり前じゃないっ！　こんな時代遅れな世界なんかと比べものにならないわよっ」

「ん。わかった」

ミスミは極上の笑みを浮かべる
「じゃあ、日本に帰らせてあげるね」

「え……？」

引きつった顔をした『聖女』に向かってそう言うと、ミスミはいつの間にか手にしていた透明な水晶のようなものを頭上に掲げた。

「ちがっ。私は日本に帰りたいわけじゃないっ。この世界で――」

パリンっと何かが砕ける音と共に『聖女』の姿が消えた。

「えーと……ミスミ、今のは？」

「日本に戻した」

「それって、召還した場所と時間に？」

だとしたら、走ってきた電車の前だ。もう生きていないだろう。

「んー。召還された時間と場所が違えば、別の時間と場所に出るはずって、エーサクが言ってた」

「そ、そうか……スキルは？」

「日本にスキルが使える人はいるの？」

「いや、いないな」

「じゃあ、消えてるはず。あれはこちらの世界だからこそ、使えるものだから」

「なるほど」

こちらの世界ならば『聖女』という肩書きがあっただろうが、日本ではそれもない。おそらく召還される前よりも、さらに生きていくのは辛いだろう。

「もう一度、こっちに来る可能性は？」

「クッド王国にある召喚の魔法陣は、戦争のときにこっそり壊しておいたから、無理」

「エルフが？」

「うん。魔力を溜める魔石もこなごな。書物も目についたのは全部持ってきてる」

「いつの間に……」

驚きはあるが、エルフがいつまでも召喚の魔法陣を放っておくはずもないか。

「……とにかく『聖女』様は、望んで元いた世界にお戻りになったってことで」

エピローグ　のんびり過ごす異世界性活

「もう働かない！　明日からはもう何もしないぞ！」

最後の最後に特大の面倒事を片付け、俺達はやっと辺境伯領の自宅に戻ってきた。

「そうね。私もしばらくはのんびりしたいわ」

さすがに彼女も疲れの色が濃い。カネマツ商会の仕事だけでも大変な状況の中、『聖女』絡みの後始末についても色々と手伝ってもらったのだ。

「わたくしも、同じ気持ちですわ」

『聖女』が元の世界に戻ったのは複数の人間の証言がある。それでも、帝国や王国の王族や貴族の相手は大変だっただろう。

「ボクもー。十年くらいはゴロゴロしたーい」

今回、俺がもっとも世話になったのはミスミだ。彼女のおかげで人を殺さずに済んだのだ。

公私にわたり、そして心身共に俺のことを支えてくれる妻達には、本当に頭が上がらない。

「みんなには助けてもらってばかりだな。何か欲しいものや、してほしいことはあるか？」

「え？　なんでもいいの？」

「俺にできることならな」

「だって。どうする、エレーン、パーチェ」

「そうね。改めて何かっていうのはすぐに思いつかないけど……」

「せっかくのタダシの厚意ですもの。甘えさせてもらうべきですわ」

三人は俺から少し離れたところに集まり、顔を寄せて相談を始めた。

無茶な願いをしてはこないだろう……って、しないよな？　少しばかり不安を覚えながら待つことしばらく。やっと決まったようだ。

「……それで、何になったんだ？」

「色々とあって、後回しになっていたことよ」

「ええ。わたくし達にとって、とても大切なことですわ」

「せっかくだし、みんな一緒にしようってことになったんだよ」

三人は身に着けていた服を脱ぎ、生まれたままの姿になると、今度は俺の服を脱がしていく。

「そういえば、こうしてみんなで一緒にするのは久し振りだな」

「みんな忙しかったもの。しかたないわ」

エレーンの言葉に、ミスミもパーチェも同意するように苦笑する。

「感謝の気持ちを伝えたかったんだけど……どうしてこうなったんだ？」

「仕事も落ちついたし、今はデキやすいタイミングなの。だから……いいでしょ？」

「貴族は家を継いでいくのが義務ですわ。わかっているでしょう？」

エレーンとパーチェが迫ってくる。

なるほど、そういうことか。

「わかった。本気で子作りセックス、しようか」

俺が言うと、三人は嬉しそうに頷いた。

「最初は、みんなでタダシにご奉仕してあげる？」

「いいんじゃないかしら」

「ご奉仕って、何をしますの？」

ミスミの提案に、エレーンは乗り気で答え、パーチェはやや戸惑っている。

「口かおっぱいのどっちがいい？」

「な、なんでその二択なんですの!?」

「タダシ、どっちも好きでしょ？」

慌てるパーチェに構わず、ミスミが尋ねてくる。

「それは……」

ミスミの言う通りだ。でも、どちらかを選べというと、かなり悩ましい。

「決められないみたいね」

「それじゃ……両方にしよっか」

軽い感じで言うと、ミスミは胸をペニスに押し付けながら、俺の股間に顔を寄せてくる。

「んっ♥　ちゅ、れろ……れるっ、ちゅ……」

「それじゃ、私も」

ミスミに続き、エレーンも同じようにおっぱいを押し付けながら、肉竿に舌を這わせてくる。

爆乳と美乳の間に挟まれ、顔を出しているペニスをふたりがかりで舐められる。

俺を昂ぶらせるに十分な光景だ。

「んふふっ、タダシ、気持ちいいでしょ？」

「出したくなったら、いつでもいいのよ？」

エレーンとミスミはお互いに次に何をするのかわかっているかのように、舌と乳房を巧みに使って俺を責めてくる。

「うぁっ、く……！」

柔らかな圧力と、熱く濡れた舌の感触に、あっという間に性感が高まっていく。

「おちんちん、びくびくってしてる……。ね、パーチェは見てるだけでいいの？」

「わ、わたくしは……」

ミスミに問いかけられ、パーチェは困ったように眉根を寄せる。

「あら？　パーチェ様はこういうことをするの、嫌いじゃありませんよね？」

エレーンは初めてのときにパーチェの補助をしたように、あれからもパーチェと共に俺の相手をすることも多い。

なので彼女の性癖についても、よく知っているし、理解している。だから、彼女が切っ掛けを待っているのもわかったのだろう。

「パーチェ様もこちらへ……そして、タダシのペニスにしっかり奉仕してあげてください」

「え？　で、でも……」

「しないのでしたら、私とミスミのふたりで続けますけど、かまいませんか？」

エレーンがちらりと俺に視線を向けてくる。

小さく頷いて応え、俺はパーチェの羞恥を煽るような卑猥な言葉を使って、フェラをねだる。

「パーチェも俺のちんぽに、ふたりと同じようにご奉仕してくれないか？」

「そ、そこまで言われたら、しかたありませんわね」

右にミスミ、左にエレーン。そして正面にパーチェ。極上の美女達がそろって胸を使い、舌を伸ばし、奉仕をしてくれる。

中でもパーチェはどんどんと気分を高めてきたのか、目尻をとろりと下げ、頬を紅潮させながら肉棒を舌を舐め、吸い付いてくる。

ミスミとエレーンはそんな彼女の様子を見て、ペニスをパーチェに任せ、他の場所への愛撫に切り替えた。

三人がかりの奉仕の生み出す快感は、俺を昂ぶらせる。

「ん、タダシ……ちゅ、ちゅむ、はぁぁむっ、ちゅぶっ、ちゅむっ♥　んっ♥　んっ♥　じゅるるっ♥　ちゅぱ♥　ちゅむううぅっ♥」

亀頭を舐《ねぶ》っていたかと思うと、根元まで深く咥えこみ、吸い付きながら唇で竿を扱きあげる。

俺の感じるやり方をよく知っている動きに、熱のこもった奉仕に、限界を迎えた。

「くっ！　パーチェ!!」

ビュウウウウッ！　ビュルルルッ！

快感が弾け、パーチェの口内へ放出する。

「んんんっ♥　んんく、こく……ん、ごくん……ちゅむ、ちゅずっ、ちゅぷ、ぴちゃ……んんっ♥」

全てを受け止め、呑み込み、さらに肉竿を舐め回して丁寧に精液を舐め取っていく。

「ん……ぷあっ……はあっ♥　はあっ♥　ん、ふあぁぁあ……♥」

ペニスから口を離すと、パーチェの顔はすっかり蕩けていた。

「やはり、今日はパーチェ様からにします？」

「ん……♥　わたくし、まだ……なんだか、ふわふわしてますの……ですから、エレーン、あなたからにしてください」

「え？　私……？　パーチェ様、よろしいのですか？」

「ええ……かまいませんわ。最初が誰であれ、最後はみんな……その……」

パーチェの顔がこれ以上ないくらいに真っ赤に染まる。

「そ、そうですね……最後はもう、順番とかそういうことを気にしている余裕も……」

「タダシ、前は十回なんて無理ーとか言ってたけど、普通にそれくらいするもんね」

勇者エーサクと一緒にしないでくれ……と言いたいが、たしかに一晩で十回くらいは出すこともある。

異世界に来たときの何かしらの補正でもあったのだろうか？

まあ……愛する妻達が満足するまで相手できるのなら、構わないか。

「では、タダシ。エレーンさんを愛してあげてください」

「がんばって、たくさん子供を作ろうね」

エレーンをベッドに横たえ、パーチェとミスミは彼女に添い寝するように左右から抱きつく。

三人の妻達が見せる媚態に、艶やかな笑みに誘われ、俺はエレーンの股間にペニスを宛がう。

「エレーン、するな」

「ええ、タダシ……きて」

一気にペニスを挿入する。

「んっ！　はあぁぁ……♥　あ、あ♥　タダシの、奥まできてる……んんんっ♥」

挿入しただけで軽イキしたのか、エレーンが軽くのけぞる。

「エレーン、とっても気持ち良さそう」

「……こうしていると、わたくしも……してほしくなってしまいますわ」

ミスミとパーチェはエレーンの快感を引き出すように、彼女のお腹を優しく撫で、左右から乳房を愛撫する。

「あっ♥　あっ♥　だめっ、そんな……みんなにされたら……んんっ♥　あ、あっ♥」

甘く喘ぎ、身を捩る。

「ふふっ、エレーン、可愛いですわ」

「タダシ、もっと気持ちよくしてあげて」

ミスミの言葉に頷き、俺は腰を使う。

亀頭で膣奥を押し上げるように突き入れ、カリで膣壁を擦りながら引き抜く。出して、入れて。少しずつ抽送を速めていく。

愛液は粘りを増して白く濁り、チンポがおまんこを出入りするたびに淫音を奏でる。

「わ。すごくエッチな音がしてる」

「こんなに激しく……エレーン、大丈夫ですの？」

「はあっ♥　はあっ♥　あ……気持ち、いいです……。はげしく、されるの……いいの……んあsあっ♥」

パーチェとしているときも、同じくらいなんだけど……されているときに、そんなことを気にする余裕はないか。

それに、エレーンはパーチェの心配をよそに、さらに昂ぶり、甘く乱れていく。

「あっ、あっ♥　んああっ♥　あ、あっ♥　タダシ、タダシ……こんな、あ……私、イきそ……あっ♥　い、くっ、いく……あ、ああっ♥」

「ああ。俺も……もう、イクっ。エレーン、出すよっ」

「ちょうだいっ、タダシ……出して、出してぇ……あなたの赤ちゃん……ほしいのっ♥　んあっ♥あ、はああ……♥」

「ああ……エレーン、俺の全部……受け止めてくれっ」

「あ、あ、あっ♥　いいわっ。私の膣内、タダシの精液でいっぱいにしてっ♥」

首に腕を回し、腰に足を絡めてしっかりと抱き着いてくる。

「エレーン、く、ううううっ!!」

ドピュウウゥッ！　ブリュルルッ、ビュルウウウゥッ!!

「んっ♥　あ、ふあああああああああああああああっ♥♥」

俺の出したものを受け止め、エレーンが絶頂に達する。

「はっ、はっ、ん、はぁぁ……♥　あ……んっ♥　はあぁぁ……♥」

息を吐いて腰を引く。ぬぽっと真空音と共にペニスが抜けると、膣口からどろりと白濁液が溢れる。

「わ。すごくいっぱい出てる」

「ん……だめ……出ちゃうぅ……」

エレーンは股間に手を当て、太ももを閉じる。

「エレーン、そこまで気にすることはありませんわ。どうせ、一度で済むはずありませんもの」

「いや、さすがにそんなには……するけどな」

パーチェの言葉を否定できない。

「タダシ、次はわたくしが相手をいたしますわっ」

「その次はボクだから」

「………少し休んだら、私も、もう一度……いい？」

……どうやら今日は眠れなそうだった。

翌朝目覚めたときには、エレーンとパーチェは、体中に行為の残滓を纏い、あられもない姿でベッドに横たわっていた。

……昨日は、さすがにちょっとやりすぎたかも。

反省しながら体を起こすと、ミスミが俺に抱き着いてくる。

「タダシ、おはよー」

「ミスミ、起きてたのか？」

「ん……起きてた」

いつもと同じような口調と態度だが、気だるげというか疲れが滲んでいる。

「えーと……大丈夫か？」

「タダシはもう、勇者エーサクに文句を言えないと思う」

「それは……まあ、そうかもな」

『聖女』の件があって、まだどこかで日本への帰還を望んでいる自分がいたことに気付いた。

「なあ、ミスミ。エーサクは日本に帰ったのか？」

「わかんない。エーサクの妻も、子供も、そのことは何も言わなかったから」

「……そうか」

「ねえ、タダシは日本に帰りたい？」

ミスミが思いきったように尋ねてくる。

それは『聖女』が日本に送還されたとき、あえて触れなかった話題だ。

「……こっちに来たばかりの頃だったら帰りたいと答えていただろうな。でも、今はそう思わない」

「……本当に？」

「ああ。もう迷うことはない。俺は日本に戻らない」

「パーチェ、エレーン。聞いた？」

「ええ。聞きましたわ。もっとも、帰るだなんて言ったら、日本までついていくつもりでしたけれど」

「そうね。あなたのいるところが、私の生きていく場所だもの」

笑顔の三人が強く、強く抱きついてくる。

俺は三人をしっかりと抱き返しながら、改めて妻達と共に、こちらの世界で生きていくことを誓うのだったたった。

END

あとがき

はじめまして。お久し振りです。どちらの方も本書を手に取っていただきありがとうございます。HARE《はれ》です。

今作は、個人的にどっぷりと嵌まっているネット小説の中でも、作品数も多い「異世界」ものです。良いですよね「異世界」もの。

今の生活に満足していないのか？　と自問すれば、そうでもないかな？　という程度には、それなりに好きなことをして暮らしていますが、やり直してみたいという気持ちはあります。

とはいえ、今の自分がそのまま日本ではないどこかに行ったとしても、あっという間に行き詰まること間違いなしです。

やはり、子供の頃に無想した「ボクだけができる凄い何か」のような、特殊な能力が欲しいですよね。

本作の主人公のスキルは、比較的よくある感じですが、他にもやってみたいネタは色々とあります。そちらもいつか機会があれば書いてみたいところです。

キングスノベル作品は、基本的には２７０ページなのですが、初稿は３１０ページほどになり、それでも書き足りないくらいでした。

執筆の勢いは良かったのですが、勢いだけではダメでした。結局、最後は涙を飲みながらゴリゴリと削りつつ、あちらこちらを書き直すことに。

少しでも楽しんでいただければ、嬉しいです。

もしも「異世界」ものは読み飽きたしなーという方、もう見ているとは思いますが、挿絵が素晴らしいので、それだけでも楽しんでください。

小説の挿絵というのは、発注するときは作家側が大まかなイメージを文章や参考用の画像などでお伝えするのですが、想像以上に良い感じにしていただきました。

文章を書く作業はひとりで進めることになりますので、そんな中、キャラクターデザインや、挿絵を見せてもらったときは興奮しますね。


最後に謝辞を。

多数の作品が発売されている中、本書に興味を持って手に取っていただいた方。ありがとうございます。

魅力的な挿絵を描いていただきました、ひなづか涼先生。ありがとうございます。

編集のM様。今回は(も?)、ギリギリまで引っ張ってしまってすみませんでした。とても楽しく書かせていただきました。


では、またどこかで見かけましたらよろしくお願いいたします。

二〇二三年 一月　HARE

キングノベルス
ハズレ扱《あつか》いの俺《おれ》がSS商人《しょうにん》となって
異世界《いせかい》ハーレム作《つく》ります！
～交換《こうかん》スキルで余裕《よゆう》の経済侵略《けいざいしんりゃく》できました！～

2023年 2月25日　初版第1刷 発行

■著　者　HARE
■イラスト　ひなづか涼

発行人：久保田裕
発行元：株式会社パラダイム
〒166-0004
東京都杉並区阿佐谷南1-36-4
三幸ビル4A
TEL 03-5306-6921
印刷所：中央精版印刷株式会社

KN110

赤川ミカミ
Mikami Akagawa
illust: ひなづか涼
帝立魔法学院の異端児は
精霊彼女との
らくらくお気楽生活で
最強になりました!
精霊少女レリアと共に、学院の
特待生となった魔法使いのラウル。
お嬢様や美人教師に一目置かれ、
のんびり生活でまさかの急成長!?
ごく平凡な魔法近いのラウルだが、精霊と契約できるレ
アスキルのおかげで、最高の研究機関でもある帝立学院
に入学した。光の精霊レリアと共に学ぶ彼の学院生活に、
師フラヴィや侯爵令嬢ベルナデットも興味津々で…。

ブラックギルドを
追放された神級魔法使い、
奴隷に愛され大逆転！
さらば無能のブラック組織！
俺のハーレムは
無償の愛でデキてます♥
赤川ミカミ
Mikami Akagawa
illust: ひなづか涼
クロートの魔法は、武具に様々な効果を付与するエンチャントだ。地味だが重要な仕事に没頭してきたことで、いつの間にか他人には真似できない応用が広がっていた。職場を不当解雇されてからは、自由を楽むハーレムな日常が始まって!?

ハズレスキル『脱衣』に
アビリティ『強制』を
付与することで
追放された最強
無能は最強となる
本当のキミを見てみたい！
ダメな俺でも、
美女を攻略デキました♥
ハズレスキル「脱衣」のせいで異性から避けられ、ヤル気はありながらも部隊の雑用係だったヴィノグ。しかしスキルが『強制力』を得たことで、戦闘でも活躍できるまでにレベルアップした。美貌の剣士イティアの教えと愛情を受け、さらに成長したスキルで、ずっと夢だった人助けを実行し始めると…。